유령 아이

유령
아이

손서은 장편소설

미래인

나의 귀여운 엄마에게.
수영장에서 젊은이들을 이기는 엄마를 사랑해.
그래도 언젠가 나는 엄마를 따라잡을 거예요.

차례

마이크

오후 두 시는 탈이 나는 시간이었다. 지중해의 뜨거운 태양이 살벌하게 내리쬐는 이때가 되면 어김없이 싸움이 벌어졌다. 어제까지 잘 지내던 이웃집 젊은 여자 둘이 머리채를 쥐어뜯고 고함을 질렀고, 나이든 남자들은 웃통을 벗은 채 몸싸움을 벌였으며 말리려고 뛰어든 젊은이가 잘못 휘두른 칼에 맞기도 했다. 이렇게 싸우다가는 남아나는 사람이 없겠구먼. 사람들은 어떻게 하면 비극을 막을 수 있을지 토론했고 마침내 해결책을 알아냈다.

오후 두 시를 전후로 거리에서 사라지자. 서로 왕래하지 말고 제집 문을 닫아걸고 잠이나 자자. 섬사람들은 그렇게 하루를 반토막 내고 낮잠에 빠져들었다. 현명한 전통은 오랫동안 이

지방 사람들의 성격을 느긋하게 만드는 데 기여했다. 규칙은 엄격해서 낮에는 거리에 어슬렁거리는 개조차 보기 드물었다. 문제는 섬에 외부인들이 들어오면서 시작되었다. 그들은 지치지도 않고 온종일 돌아다녔는데 낮잠의 전통을 모르는 종족, 즉 관광객들이었다. 이들의 일정은 박물관과 유적지와 오랜 왕들의 무덤을 위주로 바삐 돌아갔으니 그깟 더위를 식히자고 호텔로 돌아가 낮잠을 청할 수는 없는 노릇이었다.

그러나 오후 두 시의 태양은 쓸데없이 공평했다. 광장의 새하얀 대리석 바닥이 뜨겁게 달구어지고 정수리 끝에 붙은 태양빛이 위세를 떨치면 아침의 건전했던 계획들이 무너져 내리고 단단했던 뼈가 물렁해지며 뽀송했던 피부가 끈적하게 들러붙었으니, 마침 누가 곁을 스치기라도 하면 한 대 때려 주고 싶은 마음이 드는 것이다. 모처럼의 휴가를 맞아 너그러워진 마음을 망치기 싫은 관광객들은 핑크빛으로 부어오른 살갗과 땀에 질컥거리는 발가락을 이끌고 가까운 리몬디 분수대로 갔다.

거기 구원이 있었다. 올드 타운의 한가운데 자리 잡은 리몬디 분수는 수세기를 거치며 부서지고 폐허가 되었지만 색 바랜 대리석 벽면 조각과 반토막 난 기둥, 세 개의 사자 머리는 남았다. 기특한 일은 사자상의 떡 벌어진 입안에서 시원한 물줄기가 기세 좋게 솟아난다는 것이었다. 덕분에 리몬디 분수는 도시의 명소가 되었다. 한낮이면 물장난을 치러 몰려드는 어린애들, 2유로를 주고 생수를 사는 대신 공짜 물을 받으러 오는 배낭여행자들, 그 앞에서 포즈를 취하는 연인들이 얼굴만 바꾸어 왔다가 빠지고 또 왔다가 빠졌다.

리몬디 분수가 너무 붐빈다면 바로 옆 바실리코 노천카페에 앉으면 됐다. 곧 매력적인 웨이터들이 다가와 손님, 얼음을 부드럽게 갈아 목으로 시원하게 넘어가는 차가운 프라페를 드릴까요, 로컬 맥주 미토스를 드릴까요, 아니면 크레타산 스파클링 와인을 낼까요, 하며 과장된 미소로 주문을 받을 것이다. 메뉴판에 적힌 가격표가 조금 비싸대도 마음 상하지 않는 것이 정신 건강에 유익한데, 관광객이란 특정 기간 자발적 돈 쓰기에 합의한 단기 신분자들이었으므로 전 세계 어디를 가도 비슷한 처우를 받기 마련이었다.

다른 메뉴를 원한다면 고개를 왼쪽으로 조금만 돌려 볼까. 젤라또 아이스크림 가게가, 와플 가게가, 설탕물에 젖은 페이스트리를 파는 디저트 가게가 줄줄이 늘어섰으니 가게들은 저마다 다른 취향의 손님들을 유혹했고 분수대 근처를 서성대던 사람들은 하나둘 카페의 시원한 그늘 밑으로 들어갔다.

오직 그녀만이 리몬디 분수대 자리를 오랫동안 지키고 있었다. 자리라고 할 것도 없었다. 바닥에서 조금 튀어 올라온 대리석 물받이 끄트머리에 엉덩이를 붙이고 쪼그려 앉은 것이 다였다. 빛바랜 분홍색 분수대와 분홍색 블라우스를 입은 여자는 기묘한 조화를 이루었는데 햇빛에 반사된 부스스한 빨간색 곱슬머리는 살아 있는 사자의 갈기를 연상시켰으니 마치 분수대에 사자 네 마리가 박혀 있는 형상이었다.

분수대를 스치는 수많은 연인들이 더운 줄도 모르고 서로의 몸을 비비며 입을 맞춰 댈 때도, 물장난을 치는 아이들이 그녀의 블라우스에 물방울을 마구 튀길 때도, 사진 좀 찍어 달라는 요청에도 여자는 아무 반응 없이 앉아 있었다. 심지어 사람들은 분수대에 왔다가 여자의 웅크린 모습을 보고는 달아났다. 상대를 뚫어지게 쳐다보는 커다란 초록색 눈동자, 희끗한 실제 흰머리와 빨간 염색약으로 얼룩진 부스스한 머리칼은 외관에 불과하다 쳐도 입술을 비죽거리고 실실대다가 한숨을 길게 내쉬면서 웅얼대는 낯선 언어는 욕설로도 들리고 주문을 외는 것으로도 들려 전반적으로 기괴했기 때문이었다.

마이크는 손목에 찬 시계를 보았다. 개시치고는 너무 늦은 시간이었다. 어젯밤 베란다에 널어놓은 청바지가 새벽에 내린 비에 젖은 게 문제였다. 여름에 비라니. 요즘 크레타 날씨도 믿을 게 못 된다. 마이크는 탈수기로 바지를 급히 돌리고 드라이어를 사용해 말렸다. 멀쩡한 긴바지는 하나뿐이었다. 동네를 껄렁거릴 때처럼 반바지 차림으로 손님을 모시러 나갈 수는 없지 않은가. 이쪽 비즈니스는 단정하고 깔끔한 옷차림과 좋은 냄새가 성패를 좌우했다. 오늘은 너무 늦게 나온 탓에 다들 카페로 들어가 버렸다. 저기 혼자 심통 맞게 앉아 있는 빨강 머리를 빼고는 마땅한 사람이 없어 보였다. 바람이 불자 블라우스가 부풀어 올랐고 여자의 구부정한 등은 더욱 굽어 보였다. 마이크는 여자가 조금 가엾다는 생각이 들었다. 그래서 그랬나. 화가 난 관광객만큼 호객꾼이 멀리해야 할 대상이 없었는데도 마이크는 여자를 찍었다. 실은 상황을 재고 망설이고 할 것도 없었다. 이마저 놓치면 오늘 점심은 망할 판이었다. 마이크는 성큼성큼 걸어 그 곁에, 그러니까 땅바닥에 털썩 앉았다.

인기척을 느낀 여자가 옆으로 몸을 획 돌리자 긴 머리칼이 흔들렸다. 동시에 블라우스에 가려졌던 옆구리 살이 부르르 떨리며 밖으로 삐져나왔는데, 희고 물렁하며 맥 빠진 살을 본 마이크는 급히 두 눈을 딴 데로 돌렸다. 그는 어린 신사였기 때문에 여자들이 어떤 것을 감추고, 어떤 것을 자랑하고 싶어 하는

지 잘 안다. 여자들의 마음을 사로잡으려면 그 점을 존중해야
했다. 장점은 마구 과장하되 밀가루 반죽처럼 늘어진 옆구리
살 같은 건 되도록 눈감아 줘야 하는 법이었다. 서른? 마흔? 마
이크는 여자의 나이를 짐작해 보았다. 고작 열다섯의 마이크가
상상하기엔 너무 큰 숫자들이었다. 한번은 쉰다섯이 아니냐고
잘못 입을 놀렸다가 고객이 버럭 화를 내는 바람에 얼마나 난
처했다고. 딴에는 두세 살 낮춘 건데도 그랬다.

흰 살결을 가진 여자들은 대부분 일찍 노화가 오는 것 같았
다. 영화에 나오는 백인 여자들은 다 예쁘고 날씬하던데 실제
레팀노에서 만난 여자들은 달랐다. 마이크는 자신의 그을린 갈
색 팔을 만져 보았다. 레팀노로 거처를 옮기고 내내 바닷가에서
만 어슬렁거리며 살아 온 덕분에 잘 그을렸다. 뭐 알아주는 사
람은 없었다. 처음부터 갈색 피부로 태어나지 않은 이들은 태닝
에 집착하면서도 타고난 갈색 피부는 쳐주지 않더라. 세상 곳곳
에서 모여든 흰색 피부들은 기껏 지중해 바다까지 와서 수영은
안 하고 뜨거운 태양 밑에서 엎드렸다가 다시 뒤집었다가를 반
복하며 생선 굽듯 자기 피부를 갈색으로 구웠다.

그런가 하면 정체불명의 약품으로 피부를 표백하는 형들도
있었다. 그들은 하얘지고 싶어서 안달이었다. 듣기로는 주방용

세제에 양잿물과 시멘트를 갠 다음 몸에 바르고 꼬박 하루를 기다렸다가 씻어내는데, 그리고 나서 거품 비누나 레몬이나 아보카도를 피부에 벅벅 문지르면 하얘진단다. 그것으로 끝이면 마이크도 한번 해 봤을지 모른다. 그다음이 중요한데 다시 원래 피부색이 올라오지 않도록 매일 미백크림을 발라야 흰색 피부가 유지된다나. 미백크림 살 돈은 어떻게 마련하고. 그러다 화상을 입어서 영영 피부를 망친 경우도 많이 있다던데. 그래서 얻어지는 이득은? 잘 모르겠다. 억지로 하얘지느니 갈색 피부를 가꾸는 편을 택하겠다.

마이크는 자신만이 알아볼 수 있는 피부색 변화에 민감한 편이었다. 여름 볕에 잘못 태우면 갈색 피부도 잿빛으로 변해 보기 싫게 벗겨지고 만다. 잘나가는 형들은 피부 관리를 위해 코코넛버터를 애용한다지만, 마이크는 코코넛버터 대신 크레타 섬에서 나는 값싸고 양 많은 올리브오일을 듬뿍 발랐다. 마이크는 더 이상 시리아에서 온 촌뜨기가 아니었다. 키는 자고 일어나면 자라 있었고 근육은 새벽 부둣가에서 일하면서 단단하게 길러졌다. 짐을 이고 지고 나르는 것만큼 좋은 운동도 없었다.

지난달에 열다섯이 되었다. 마이크는 이제 애가 아니었다. 시장통의 큰손 야니스 아저씨가 입버릇처럼 말하듯 십 대에 비즈니스를 시작해야 사십 대에 요트를 띄울 수 있다. 열다섯은 비즈니스를 시작하기 적당한 나이였다. 마이크는 새벽에 번 돈으로 유행하는 옷에 투자했고 오후에는 그 옷을 입고 앞으로 크게 될 비즈니스를 하러 나갔다. 그래, 이건 그저 미약한 시작일 뿐이다. 오늘의 첫 고객은 빨강 머리 여자가 될 것이다. 우울하든 화가 났든 마이크는 잘할 수 있었다.

"효오오, 마이 레이디!"

마이크는 빨강 머리 옆으로 바싹 붙어 앉았다.

"크레타는 처음이세요?"

빨강 머리는 들은 척도 하지 않았다.

"오오. 마이 레이디, 이렇게 아름다운 날에 벌써 28분째 분수대에만 계시다뇨. 정말 억울한 일이에요."

빨강 머리는 얼굴을 들어 마이크를 힐끗 보았다. 28분은 대충 지어 낸 숫자였지만 제대로 먹혔다.

"저길 좀 보세요. 저 사람들 좀 보시라고요. 별거 아닌 사람들이 광장을 다 차지했잖아요. 우리 레이디가 제일 예쁜데도요."

마이크의 말에 빨강 머리는 고개를 들어 눈앞에 펼쳐지고 있는 광경으로 시선을 옮겼다. 때마침 흰색 셔츠를 맞춰 입은 단체 관광객들이 한 손에는 카메라를 다른 손에는 아이스크림을 들고 요란하게 떠들며 분수대를 지나갔다. 바실리코 카페에서는 어느 부부가 억센 이탈리아 사투리로 말다툼을 벌이고 있었다. 기념품 가판대에 선 동양인 커플은 엘라포니시의 우아한 바닷가 풍경이 찍힌 엽서를 살지, 베네치안 항구 사진을 살지, 심각한 고민에 빠져 있었는데 그러거나 말거나 기념품 가게 주인은 자리를 비우고 커피를 사러 나갔다. 리몬디 분수대를 둘러싸고 벌어지는 익숙한 풍경이었다. 광장은 분 단위로 낯선 사람들이 들어왔다 빠지고 또 채워졌다. 저마다 생김새도 다르고 취향도 달라 보였지만 벌어지는 일은 비슷했다. 리몬디 분수에 앉아 화를 내는 여자는 빼고 말이다.

화내는 여자가 특별한 건 아니었다. 그들은 어디나 있었다. 마이크의 고향 땅에서 여자 친구들은 학교에 가지 못해서 화를 냈고 팔려 가다시피 하는 결혼에도 항의하며 화를 냈다. 그러다 집안 남자들에게 얻어맞으면 친구들과 함께 울면서 화내기도 했다. 그 애들은 숨어서 작은 소리로 화를 냈다. 여기 여자들도 화를 냈다. 횡단보도를 건너는데 폭주하듯 가로지르는 자동차를 향해 가운데 손가락을 빳빳이 세워 보이고, 옆으로 지나가던 오토바이 남자가 자신의 엉덩이를 건드리고 달아난 순간 얼어붙었다가 나중에야 친구들을 만나서 분통을 터트렸다. 다른 점이라면 조금 더 큰소리로 격하게 화를 냈다. 세상 도처에 화를 내는 여자는 많았지만 사람들이 많은 곳에서는 그러지 않았고 보통은 때와 장소를 가렸다. 그래서 그런가, 자주 눈에 띄지는 않았다. 특히 관광지에서 화를 내는 여자는 못 봤다. 여기가 어딘가.

크레타 섬은 요란하게 웃고 마시고 춤추고 사랑하기 위한 장소였다. 평소 화를 누르고 살아가는 도시인들이 꿈꾸는 판타지의 코어이자 도착지 말이다. 사람들은 이곳에 오려고 실망스러운 삶을 견뎌 냈다. 출퇴근길 지하철의 습기를 참았고 옆에 바짝 붙어 앉은 이의 뜨거운 입김과 땀 냄새를 참았고 닫히는 엘리베이터에 뛰어드는 염치없는 동료를 참았고 상사의 일관성 없는 닦달을 참았다. 매일 쓰레기통을 가슴에 품고 사는 자들도 마냥 화만 내며 살지는 않았는데 그들에게는 엄지손가락으로 할 수 있는 일이 참 많았다. 엄지 한 번 쓰윽 밀면 스크린에서 금방 괜찮은 세상이 펼쳐졌다. 거기엔 에메랄드 빛 바다도 있고 컬러풀한 수영복을 입은 몸들도 있고 맥주도 있고 레몬에 절인 문어도 있고 튀긴 칼라마리도 있고 보라색으로 물든 하늘도 있고 연초록의 올리브오일도 있고 산에 앉아 있는 쭈글쭈글

한 노인의 얼굴도 있었다. 때로는 노인의 사진이 위로가 되었다. 늙었으되 여유 있고 느긋하다. 장수와 건강의 상징인 크레타 할아버지 할머니들. 참 좋아 보이는군. 좋아요 누르고. 하트 누르고. 죽기 전에 반드시 가야 할 여행지 카테고리에 넣고. 언젠가. 돈을 좀 더 모으면. 이렇듯 각자의 감상이 파도의 물방울이 튀듯 흩어지면서 엄지의 쓰임 또한 달라지는데 어떤 엄지는 댓글을 남기고 어떤 엄지는 카약이나 스카이스캐너로 이동한다. 인기 검색어는 그리스, 산토리니, 미코노스, 크레타. 몇몇 행동파 엄지들 덕택에 여름의 크레타 섬에 당도한 이들에게 복 있으라.

마침내 슈트를 벗어던지고 반바지와 비치샌들 차림으로 변신한 여행자들은 초기 몇 시간은 의무감에 사로잡혀 고대의 유적지와 박물관을 돌아다닌다. 오전에는 구멍 난 역사적 지식을 보충하고 오후에는 지중해에 몸을 담그며 인스타그램에 실시간으로 업로드할 이미지를 연출해야 한다. 이런. 낮에는 태양이 피부에 어떤 짓을 저지르는지 눈치채지 못하다가 밤이면 시뻘겋게 벗겨진 살갗을 마주하게 되는데 그제야 얼음을 대고 연고를 바르고 별짓을 다해 보지만 너무 늦었다.

도심에서는 남의 발을 밟아도 눈 하나 깜짝하지 않던 이들이,

식당 종업원들에게 빨리빨리를 주문처럼 외며 고객은 왕입네 주인 행세를 하던 이들이, 여기 와서는 남의 옷깃만 스쳐도 쏘리쏘리를 외치고 눈만 마주쳐도 눈웃음을 치며 비슷한 처지의 낯선 여행자가 길을 물으면 데이터를 써 가며 구글 맵에 접속하는 것이다. 이것이 바로 지상 천국 크레타가 선사하는 마법이자 변신술이었다. 낯선 곳에 온 여행자들은 마음이 누그러져서 안 하던 친절한 행동을 하고 느긋한 미소를 짓고 다니다가 어느 순간 자신이 더 나은 사람이 된 것 같은 착각에 빠지고는 한다. 이러한 마법은 딱 3일 동안 유지되는데, 그 이후에 일어나는 일은 각자의 성격과 유형에 따라 달리 나타나므로 일일이 열거할 수는 없으나 주로 목격되는 광경은 야밤에 들리는 인근 소란과 화해를 꿈꾸었던 커플이 이혼을 결심하는 것으로 요약될 수 있겠다.

상관없다. 마이크에게 중요한 손님은 따로 있었다. 이제 막 섬에 도착한 초짜 여행자들이 주요 타깃이었다. 자신들의 도시를 탈출해 온 탐험가이자 낯선 경험을 갈구하는 로맨티스트들도 끼니때만 되면 심각한 고민에 빠졌는데 갖은 도구를 사용하여 맛집을 물색해도 번번이 함정에 빠지는 것이었다. 제아무리 자기 도시에서 검색 왕으로 통했대도 이국의 도시에서는 모두 아이와 같다.

이 지점에서 마이크의 존재가 빛을 발하게 된다. 처음 그를 맞닥뜨린 여행자 중에는 꽤나 진보한 척하면서 스마트폰을 두드리며 말하기를, 정보가 넘치는 시대에 그것도 엄연한 EU 국가에 여태 이런 미개한 직종이 남아 있느냐며 묻고, 마치 사기꾼 보듯 하다가 종종 걸음을 치며 달아나더라. 당신들이 잘 몰라서 그런다. 역사적으로 호객 직종은 적절하게 쓰임 받아 왔다. 덕분에 배를 곯지 않고 적절한 숙소를 구해서 노숙을 면한 여행자들이 수두룩했다. 오랫동안 곳곳에서 성행한 호객 직종은 인터넷이 전 세계에 보급되고 와이파이가 인도 오지나 캄보디아 시골 구석까지 터지는 바람에 멸종되었다고 믿어졌으나 실은 소셜미디어의 창궐과 더불어 새로이 떠오르는 직종이 되었다. 이들은 뼈대 없는 정보의 쓰레기들 속에서도 맛집을 찾아 고단한 여정을 계속하는 자들, 즉 자기 입맛과 취향을 간직한 순결한 여행자들을 구원하고자 파견되었다. 유튜브와 인스타그램과 트립어드바이저에 떠도는 사진과 정보는 한정된 시간과 좁혀진 공간에서 먹거리를 찾고자 하는 여행자들에게는 하나도 도움이 되지 않는다는 것을 마이크는 경험치를 통해 알고 있었다.

한 예로 그의 친절한 구원 행위를 마다하고 멀리 택시를 타고 맛집으로 향했던 미국인 부부를 들 수 있겠다. 마이크는 다음 날 우연히 그 부부를 영업 구역에서 다시 맞닥뜨렸는데 그들은 마이크를 붙잡고 열변을 토하며 어제 들른 식당에 대한 불평을 늘어놓았다. 그리고 왜 자기들을 애써 말리지 않았느냐며 마이크를 꾸짖기까지 했다. 그렇다고 그들이 이번에는 마음을 고쳐 먹고 마이크를 따라나섰는가 하면 그것도 아니었다. 의심 많은 자들은 한번 당하고 나면 다른 쪽으로 방향을 전환하는 대신 더욱 의심의 끈을 놓지 못하고 매사에 소심해지는 법이었다. 직업상 마이크는 많은 사람들에게 욕을 얻어먹고 수준 이하의 취급을 당해 왔지만, 신념 있는 이들이 보통 그러듯 지치지도 포기하지도 않았다. 마이크는 고객을 만나면 돈 워리로 시작해서 노 플라블럼 다섯 번을 반복하고 리얼리 그레이트, 판타스틱, 인조이 디너까지 가는 과정을 수천 번씩 반복했다. 괜찮다. 이게 다 장래 호텔 웨이팅 스태프를 꿈꾸는 마이크에게 수련이고 과정이었다. 다시 말하지만 그냥 웨이터가 아니라 엄연한 스태프다. 어쨌거나 손님을 모신다는 데 두 직업의 유사성이 있으니 지금의 훈련이 나중에 크게 쓰임 받을 것이었다.

"말해 봐요, 레이디. 이 마이크에게 털어놔요. 무슨 일이 있으

세요? 나쁜 일은 껴안고 있지 말고 그냥 오렌지꽃 향기에 날려
버려요."

마이크는 방금 읊은 대사가 너무나 마음에 들어 집에 돌아가
면 꼭 수첩에 적어 놔야겠다고 마음먹었다. 오렌지꽃 향기에 날
려 버리라니. 오페라에나 나올 법한 가사가 아닌가.

"아니. 뭐 별것도 아냐."

여자가 웅크린 채 중얼거렸다.

"별거 아닌 일은 없어요. 사소한 게 다 의미가 있죠. 누가 마
이 레이디를 화나게 한 거죠?"

"아니. 너무 더워서 그러지."

"그쵸? 진짜 더워요. 지구가 점점 뜨거워지는 거, 저는 매일
실감한다니까요. 작년만 해도 레팀노가 이렇게까지는 아니었어
요. 그럴 땐 바다 수영이 최고죠. 해변에는 나가 보셨어요?"

"흥. 그래서 수영복을 사러 갔더니 여긴 죄 비키니만 팔더군?"

"예스! 진짜 예쁜 비키니 많아요. 그래서 장만하셨어요, 마이
레이디?"

"아아니. 내가 그걸 입겠어?"

"왜요? 해변에서는 모두 비키니를 입는걸요. 그게 어때서요?"

"말이나 돼? 날 좀 보라고."

마이크는 그녀의 배를 힐끔 보았다가 곧장 눈길을 아래로 내렸다. 그러게요. 마이 레이디. 그건 좀. 할머니들은 쭈그러진 가슴과 늘어진 뱃살을 드러내고도 부끄럼 없이 잘도 돌아다니지만 여자는 아직 그 나이까지는 안 되었다. 여자는 할머니보다는 언젠가 텔레비전 채널을 돌리다 본 바다코끼리를 닮았다. 녀석들은 주름지고 축 처진 살을 늘어뜨린 채로 비스듬히 누워 있었는데 그 게으른 자태가 좀 안돼 보였다. 눈앞의 여자가 딱 그랬다. 그랬거나 어쨌거나 마이크는 계속 지껄였다.

"어이구. 이 동네 아줌마들을 못 보셨구나. 레이디는 여기 크레타 레이디들에 비하면 그저 스몰이라고요."

"스모올?"

빨강 머리가 얼굴을 젖히며 웃음을 터뜨렸다. 마이크는 기회를 놓치지 않고 손을 내밀었다.

"전 마이크예요."

"마이클?"

"예스. 왜 성경에 나오잖아요, 미카엘 대천사. 사탄과 싸워 이긴 천사 아시죠? 제 고향 다마스쿠스에서는 미카엘이라고 했지만 여기선 다들 마이크라고 불러요."

"다마스쿠스?"

"시리아요."

"여기서 가깝나?"

"뭐. 멀지도 가깝지도 않아요. 터키 바로 밑에 있는데."

"터키는 어디 붙어 있는데?"

"에이. 크레타 섬 바로 옆 나라잖아요."

마이크가 싱겁다는 듯 웃자 그녀의 표정이 다시 멀뚱해졌다. 여자는 세계 지리에 좀 약한 것 같았고 뉴스는 안 본 지 꽤 되는가 보다. 하긴 이 편이 나았다. 괜히 시리아라는 말을 꺼냈다가 내전이 어쩌고 난민이 어쩌고 참견하는 통에 불편한 적이 한두 번이 아니었으니까. 오, 시리아 난민이구나. 쯧쯧. 어떻게 도망쳐 나왔니? 그래도 네가 탄 배는 뒤집히지 않아서 다행이다. 혹시 오다가 죽은 사람은 본 적 있니? 가족은 두고 너 혼자 온 거니? 그래도 그리스까지 기어들어 오다니 대단한 녀석이구나. 그러면서 팁이라도 두둑하게 주면 다행이지만 너희 정치가 어떻고 종교가 어떻고, 신나게 트집을 잡다가 피날레로 새로운 인생을 찾았으니 열심히 살 거라, 넌 운이 트인 거다. 오 주여, 어린 양을 돌보소서 하면서 성호만 긋고 떠나는 이가 허다했으므로 마이크에겐 차라리 무심한 빨강 머리 같은 부류가 나았다.

"레이디는 어떤 특별한 이름을 갖고 있나요?"

"특별하긴."

여자는 거기까지 말하고 다시 등을 구부렸다. 갑자기 레모네이드가 당겼다. 여자는 느닷없는 식욕에 등을 쫙 펴고 거리를 두리번거렸다. 목이 말랐다. 대체 언제부터 여기 앉아 있었더라. 생각도 나지 않았다. 그보다 며칠 동안 아무하고도 말을 한 적이 없다는 걸 깨닫자, 여자는 갑자기 말이 하고 싶어졌다.

"엠마."

"무척 예쁜 이름이네요. 엠마는 고향이 어디예요?"

"프린스 에드워드라고. 작은 섬 있어."

작은 섬치고 너무 유명한 게 탈이지. 프린스 에드워드? 어머. 그린 게이블즈, 빨강 머리 앤과 고향이 같네요. 사람들은 빨강 머리 앤을 실존했던 인물로 여기는 경향이 있다. 하긴 그 덕분에 섬사람들이 먹고 살기는 한다. 빨강 머리 엠마는 어렸을 때부터 빨강 머리 앤이 싫었다. 옅은 밤색 머리칼이 어느새 붉은색으로 변하면서부터였나. 사람들이 빨강 머리 엠마라고 부르면서 부터였나. 하여간 앤, 그 애는 말라깽이 수다쟁이다.

"프린스 에드워드? 나라 이름이에요?"

"아니. 그건 섬. 캐나다라고. 미국 위에 있어."

"아, 캐나다. 당연 알죠."

마이크는 캐나다도 모르는 무식쟁이가 아니었는데 엠마가 너무 무심하게 자기 나라의 지정학적 위치를 설명하는 바람에 약간 속상했다. 아메리카 대륙이라면 마이크도 잘 안다.

"멀리서 오셨네요. 비행기로 몇 시간 걸려요?"

"뭐. 샬럿타운에서 몬트리올, 그다음 뮌헨 들렀다 아테네까지 대충 열다섯 시간? 아테네엔 하룻밤만 있었어. 어차피 거긴 도시잖아? 다들 아크로폴리스 어쩌고 하지만 난 그런 거 관심 없고. 신타그마 광장엔 비둘기나 거지나 똑같이 많더군. 내가 잠깐 벤치에 앉아 있는데 거지들이 열 명도 더 왔어. 하나같이 멀쩡하게 생겼던데. 어딜 가도 도시는 미쳤어. 곧장 여기로 왔지. 시간 허비할 필요 없잖아. 난 바다가 좋아. 여긴 우리 쪽이랑 완전 다르거든. 바다라고 다 같은 게 아니야. 에메랄드 빛 지중해. 텔레비전에 나온 거랑 진짜 똑같더군. 근데 하루 있어 봤더니 지겨워. 어디나 다 똑같아."

마침내 엠마가 길고 갈팡질팡하는 넋두리를 끝내자 마이크가 바통을 넘겨받고는 말했다.

"오. 노노. 진짜 레팀노를 아직 못 보서서 그래요. 레팀노는 특별하죠. 엠마! 제가 수영복 가게도 알아요. 여기 광장에서 왼쪽으로 돌아가면 브라질에서 온 숙녀분이 하는 가게가 있는데요, 가게 이름이 판타스틱이에요. 거기 가면 온갖 사이즈가 다 있어요. 엠마는 그저."

"그래그래. 스몰."

"맞아요. 그러니까 일단 맛있는 것부터 먹고 시작하세요. 점심은 드셨어요, 엠마? 제가 진짜 맛있는 집을 알아요. 부겐베리아라고. 이름부터 남다르죠? 부겐베리아는 크레타의 숨은 맛집이랍니다. 안목 있는 고객만 모셔요. 엠마처럼 예쁜 사람이요."

예쁘다고? 엠마는 굽었던 등을 펴고 마이크를 보았다. 예쁜 사람. 애가 지껄인 말이었지만, 어쨌거나 참 오랜만에 들어 본 수식어였다. 딱 마이크만큼 어린애였을 때 예쁘다는 말은 칭찬도 되지 못했다. 그건 아침상에 오르는 팬케이크만큼이나 식상했다.

예뻤다. 물론이다.

엠마

엠마의 부모는 조금 늦은 나이에 결혼을 하고도 성급하게 아기를 갖지는 않았다. 인생은 찬란한 것이고 젊음은 불꽃처럼 타오르다가도 곧 사그라들기에 둘에겐 조금이라도 젊었을 때 친밀한 시간을 갖는 것이 중요했다. 게다가 아기는 시끄럽고 집안을 엉망으로 만들고 (물론 몸매도) 돈이 많이 드는 존재이지 않은가. 그래서 늦었다. 엠마를 가졌을 때 어머니는 마흔다섯이었고 혈압이 높았으며 나중에 알았지만 당뇨가 있었다. 그래서 그렇게 된 거다. 엠마 탓이 아니었다. 엠마가 한 것이라곤 스스로를 세상에 배달한 것뿐이었다. 엠마는 맑은 살결과 환한 밤색 머리칼을 갖고 태어난 예쁜 아기였다. 아버지는 엠마가 두 살 되던 해 재혼했다.

새어머니는 젊고 날씬했다. "너 진짜 앙증맞고 예쁘게 생겼구나." 새어머니는 직접 낳지 않았는데도 딸이 거저 생겼다며 좋아했다. 두 사람은 처음부터 죽이 잘 맞았다. 새어머니는 엠마를 앉혀 놓고 긴 머리를 여러 모양으로 땋아 리본을 묶어 주었다. 엠마의 서랍장에는 분홍색 요정 옷과 레이스 달린 공주 드레스와 반짝이는 구두가 넘쳐났다. 그렇게 차려입고 나가면 모르는 사람들도 어린 엠마에게 다가와서 감탄했다. "인형같이 예쁜 아이네." 새어머니는 엠마를 데리고 외출하는 것을 좋아했다. "대체 몇 살에 아이를 낳은 거유? 요새 엄마들은 진짜 관리를 잘한다니까." 젊은 엄마와 인형같이 예쁜 딸의 조합은 어디를 가도 환영받았다.

엠마는 십 대가 되면서 돌연 머리색이 붉은빛으로 진해진 것 빼고, 또래에 비해 키가 너무 큰 것 빼고, 자신의 모습에 만족했다. 그 나이대의 아이들이 보통 그러듯 패션에 눈을 뜨게 되었는데 새어머니가 아울렛에서 사다 주는 옷은 쳐다보지 않았고 친구들과 다운타운으로 가서 직접 쇼핑을 했다. 여자애들은 다운타운에 늘어선 옷가게 중에서 그린빌을 최고로 쳤다.

그린빌은 부모들의 표현에 의하면 괴물딱지 같은 것만 팔았다. 엠마와 친구들은 그걸 패션이라 불렀다. 아직은 유명하지 않지만, 곧 그럴 예정인 전도유망한 젊은 디자이너가 주기적으로 내놓은 옷들은 평범하지 않았다. 소매 끝이 실뭉치로 너덜거리고 망사로 만든 재킷은 속이 훤히 들여다보였으며 바지와 치마는 너무 짧거나 길어 엉덩이가 드러나거나 바닥을 쓸고 다녔다.

그린빌이 그런 곳이었으니 딸 가진 부모들은 주말 아침이 되면 딸들의 지갑에서 지폐 몇 장씩을 몰래 빼냈다. 그러거나 말거나 딸들은 속눈썹에 찐득한 마스카라를 짙게 칠하고 그린빌로 향했다.

섬에 산다고 촌스럽게 보이라는 법 있어? 줄리에트를 좀 봐봐. 에리카랑 브리는 또 어떻고. 엠마도 통통하긴 하지만 꽤 귀엽상이지.

엠마와 친구들은 학교에서 인기가 좋았다. 그 애들은 주말이면 아르바이트를 하거나 영화관에도 가지 않고, 그린빌에 죽치고 살았다. 그 덕에 패션에 대한 감각을 익히고 그린빌에서 산 괴상한 옷을 늘어뜨리고 다니며 몸매를 뽐낼 수 있었다. 그 위상이라니. 아식도 엠마는 그 시절을 생각하면 턱이 저절로 치켜올라갔다. 내게도 그런 때가 있었어. 애들은 우릴 숭배했다고. 우리. 엠마에게는 우리라고 호칭할 친구들이 있었다. 그러므로 엠마는 그럭저럭 괜찮은 인생을 살고 있다고 자부했다. 그 사건이 있기 전까지는 말이다.

그해 여름, 엠마는 생리를 시작했다. 엠마의 아버지는 빨간 장미 꽃다발을 선물했다. 꽃은 새어머니가 샀을 게 뻔했다. 엠마는 모른 척하고 아버지의 볼에 키스를 해 주었지만, 속으로는 이런 쇼도 유효가 끝나간다고 생각했다.

친구들은 엠마를 부러워했다. "야 야. 엠마. 네가 우리 중에 일등이야."

그것 말고 뉴스가 또 있었다. 그해는 느닷없이 원더 우먼이 부활한 해였다. 원더 우먼이 전투할 때마다 챙겨 입는 파란색 팬티가 쇼트 팬츠로 만들어져 인기를 끌기 시작한 것이다. 열풍은 여자애들의 패션에 큰 영향을 미쳤다. 아이들은 팬티만큼이나 짧고 선정적인 팬츠를 구하지 못해 안달을 했고 부모들은 쇼핑몰에 모여 반대 집회를 열 정도였다. 어쩌자고 패션의 다양성은 사라지고 오로지 원더 우먼 팬츠만 죽자고 입기로 정한 것인지. 팬츠는 수많은 여학생을 열광시키고 동시에 불안에 떨게 했으니 비싸기도 비쌌지만 그보다 사이즈가 문제였다. 원더 우먼이 되고 싶다면 우선 날씬해야 했다. 사이즈에 대한 논란에도 오직 스몰 사이즈만 생산한다는 원칙 아래 쇼핑몰에는 늘씬한 여성들만이 줄을 서서 팬츠를 사들이는 광경이 목격됐다. 그럴수록 팬츠의 인기는 수그러들 줄을 몰랐다. 집마다 저녁을 굶는 아이들이 생겨났고 학교 식당과 카페테리아, 아이스크림 가게가 비록 잠깐이지만 불황을 겪었다. 한번은 라지 사이즈 가품을 만들다 걸린 제조업자 여섯 명이 적발되어 벌금을 물기도 했다.

마침내 엠마가 사는 섬에 원더 우먼 팬츠가 당도한 날, 엠마와 친구들은 단 1분도 늦지 않고 그린빌에 도착했다. 지갑에는 3개월간 모은 용돈이 꼬깃꼬깃 접혀 있었다. 과연 원더 우먼 팬츠는 작고 깜찍했다. 짧아도 너무 짧았고 작아도 너무 작았으며 신축성 면에서도 관대하지 않았다. 이대로라면 오직 허리 사이즈 44 이하의 여자애들만이 간신히 엉덩이 부분을 관통할 수 있을 거였다. 아직 사춘기가 오지 않은 여자애들이 깡마른 몸을 팬츠 안으로 쑤욱 집어넣고 거울 앞에 서자 점원은 탄성을 질렀다.

"어디서도 너희같이 원더 우먼 팬츠를 소화하는 애들은 못 봤어. 정말 큐트하다. 최고야!"

흥분한 점원이 사진기를 들고 아이들을 향해 플래시를 터뜨렸다. 하하하. 줄리에트와 에리카와 브리는 모델처럼 포즈를 취했다.

"그런데 한 명이 더 있지 않았니?"

그제야 애들은 엠마를 생각해 냈다.

"얘는 이 역사적 순간에 어딨는 거야?"

엠마는 이 역사적 순간에 피팅룸에 갇힌 채 팬츠와 협상 중이었다. 이걸 그냥 이대로 배꼽 밑에 걸쳐? 아니면 남들 입듯이 엉덩이 전체를 덮도록 위로 끌어당겨? 이마에서 땀방울이 흘렀다. 겨드랑이가 축축하게 젖어 왔다. 피팅룸 밖에서는 난리도 아니었다. 사진기 셔터 누르는 소리가 찰칵찰칵. 친구들의 웃음소리가 까르르. 그럴수록 마음이 급해졌다. 나가서 무리에 끼어야 하는데. 엠마는 마지막 힘을 그러모았다. 숨을 참고 배를 홀쭉하게 만들고 팬츠를 쑤욱 올렸다. 트두드득. 봉제선 터지는 소리와 함께 피팅룸의 문이 벌컥 열렸는데 그 앞에 줄리에트, 에리카, 브리가 서 있었다.

"오, 엠마."

"세상에."

여섯 개의 눈망울이 크게 벌어지더니 마스카라 칠한 속눈썹들이 빠르게 깜빡거렸다. 잠깐 침묵. 이어 발작적인 웃음이 터져 나왔다. 웃음은 원더 우먼으로 변신한 아이들의 입에서 나온 거였다. 동시에 울음도 터져 나왔는데 그것은 피팅룸의 환한 조명을 받고 선 아이, 엉덩이에 팬츠가 반쯤 걸린 아이, 세 달 치 용돈을 한자리에서 날려 버린 아이에게서 나온 거였다. 엠마는 엉거주춤 서서 그렇게 울었고, 나머지 세 아이는 그래도 가린다고 손으로 입을 막고 어깨를 들썩이며 쿡쿡 댔다.

웃었어? 이게 웃겨?

엠마는 그때 소리치고 화를 내며 그 애들을 꾸짖어야 했다.

내겐 너희보다 사춘기가 조금 일찍 찾아온 것뿐이야. 내 몸이 좀 더 성숙한 것뿐이라고. 그렇게 호되게 나무랐으면 그 애들도 곧 닥칠 암담한 미래를 예상하며 뉘우치고 반성했을 텐데. 아니다. 어쩌면 엠마는 일찍 성숙한 만큼 사태를 느긋하게 받아들여야 했다.

하하하. 내 꼴 좀 봐. 못 살아. 짜잔. 뚱보 원더 우먼이시다.

그렇게 그 애들 옆에 어깨를 나란히 하고 웃어야 했다. 그랬으면 삼 대 일로 갈라지는 일은 없었을 텐데. 모든 경우의 수를 뒤로하고 엠마는 너무 놀라고 창피해서 그만 그린빌을 뛰쳐나가고 말았다. 그때 등 뒤로 들리던 줄리에트, 에리카, 브리의 웃음소리는 엠마의 등판에 딱 붙어서 떨어지지 않았고 사춘기 내내 엠마의 기분을 쥐어 흔들고 잡치고 흠집 내었다. 미녀 사총사 좋아하시네. 그것들은 친구도 아니었다.

다음 주 월요일이 되자 학교에서 만난 줄리에트는 엠마의 어깨를 툭 치면서 "좋은 아침!" 했다. 엠마는 모른 척 지나갔다. 뭐 저런 게 다 있어. 사과는? 에리카와 브리가 "엠마, 어디 가니?" 물었지만 엠마는 들은 척도 안 했다. 그날 점심은 혼자 먹었다. 싸가지들. 자존심이 있지. 저것들이 정식으로 사과하기 전까지는 결코 대꾸도 하지 않을 것이었다. 오후쯤 되면 줄리에트가 나머지 두 녀석을 이끌고 와서 "엠마, 있지. 그날은 우리가 진짜 미안했어. 우리도 팬츠가 안 벗겨지는 바람에 얼마나 고생했는지 몰라." 그러면 엠마도 못 이기는 척 "원더 우먼 따원 엿 먹으라 그래." 하면서 다 같이 하하하 웃을 것이었다. 주말 내내 얼마나 마음고생을 했다고. 새어머니가 사다 준 큰 사이즈의 옷과 다이어트 주스는 위로는커녕 더욱 성을 내게 만들었고 결국 대판 싸우는 것으로 마무리되었다. 배신자들. 엠마를 곤혹스럽게 만든 것은 커진 엉덩이와 골반보다 모욕감이었다. 어쩌면 그 애들이 그럴 수 있지. 잔인한 웃음 속에는 쌤통이라는 만족감이 들어앉아 있었을 거다. 그리고 뛰쳐나갔는데도 아무도 쫓아오지 않았잖아. 주말 내내 전화 한 통 없었던 건 또 뭐고. 본때를 보여 줄 거야. 너희도 당해 봐. 엠마는 혼자서 씩씩거렸다.

그날 하루는 너무 길었다. 오랫동안 화를 내는 건 지치는 일이었고 엠마에게 맞지도 않았다. 수업이 끝나고 줄리에트가 엠마의 자리로 다가오고 있을 때 엠마는 일부러 천천히 일어섰다. 알아. 미안하겠지. 엠마는 어깨에 가방을 메고 기다렸다. 이번에는 그냥 사과를 받아 줄까, 잠깐 고민했다. 줄리에트가 엠마를 스치고 교실 밖으로 나갔다. 뒤따라온 에리카와 브리는 엠마가 있는 이쪽으로 오는 대신 저쪽으로 나갔다. 엠마는 교실에 혼자 덩그러니 남았다. 뭔가 잘못됐다.

행동 수정이 필요한 시기가 왔다. 고작 이틀 만에 엠마는 화내기를 그만두고 그냥 예전처럼 지내야겠다고 마음먹었다. 점심시간이 되자 엠마는 줄리에트, 에리카, 브리가 자기들끼리 모여 앉아 있는 것을 보았다. 엠마는 식판을 들고 테이블로 갔다. "엠마, 왔니? 여기야." 셋 중에 가장 서글서글한 브리가 그렇게 말하며 자리를 마련해 줄 것이었다. 엠마가 원하는 건 딱 그 정도였다. 그래. 너무 오래 끌면 서로 지치고 재미없다. 이제 용서할 준비가 되었다. 아량이 넓은 것도 엠마가 가진 좋은 성품 가운데 하나였으므로.

아이들 앞에 섰을 때 엠마는 설마 지진이 난 게 아닐까 의심했다. 그러지 않고서 몸이 기우뚱하게 밑으로 쳐질 리가 없는데. 귀에 공기가 들어찼는지 애들 말소리가 하나도 들리지 않고 머리가 윙윙거렸다. 엠마는 겨우겨우 그 자리를 도망쳤다. 무슨 일이 있었냐고? 아무 일도 벌어지지 않았다. 그건 큰 문제였다. 그 애들은 바로 앞에까지 온 엠마를 못 본 척했고 자기들 이야기에 집중하는 척했고 재밌어 죽겠다는 시늉을 하느라 과장되게 웃었다. 하하하. 깔깔깔. 엠마는 사태가 완전히 역전되었다는 것을 깨달았다. 엠마는 식판을 휴지통에 쏟아붓고 운동장으로 나갔다.

어쩌다 이렇게 됐지? 엠마는 알고 싶었지만 동시에 아무것도 알고 싶지 않았다. 그걸로 끝이었다. 처음부터 의리나 우정 같은 건 없었다. 무리의 이미지를 망치는 애는 아웃. 엠마는 그렇게 쫓겨났다.

조금만 있어 봐. 너희도 똑같이 돼. 여드름이 뽀얀 얼굴을 갉아먹고 잡아 뜯어서 전쟁터로 만들 거야. 골반은 벌어지고 엉덩이 살은 울룩불룩 붙게 되어 있어.

엠마는 울지 않으려고 기를 쓰며 속으로 뇌까렸다. 그날은 온다니까. 너희들에게도 오게 되어 있어. 물론이었다. 시간이 지날수록 많은 아이들의 얼굴 손상과 몸매 망침이 목도되었다. 그렇다고 엠마의 기분이 나아졌을까. 이상하게도 줄리에트, 에리카, 브리는 그대로였다. 그 애들은 여전히 주말마다 그린빌 모임을 가졌고 갈수록 대담한 패션으로 이목을 끌었다. 반면 고등학생이 된 엠마는 웬만한 옷가게에서는 맞는 사이즈를 구하기 힘들어졌다. 중년 여성들이 애용하는 빅 사이즈 매장에서 간신히 브래지어 E 사이즈를 구했고 때로는 임신부 매장에서 헐렁한 바지를 사기도 했다. 새어머니는 엠마와 함께 쇼핑 가는 걸 더 이상 좋아하지 않았다. 딸이 '빅 사이즈'를 입는다는 사실 때문에 자신은 피트니스 센터에서 한 시간 더 운동했다. 새어머니는 지방질에 병적인 두려움이 있었고 인형같이 예쁘던 엠마가 변한 모습에 공포를 느꼈다. 엠마에게 따라붙는 수식어는 거대한 바다코끼리로 바뀌어 있었다. 그냥 코끼리도 아니고 바다코끼리로 불렸다는 사실에 엠마는 특히 마음이 상했다.

엠마는 친구들과 멀어지면서 대신 초코바와 친분 관계를 텄다. 아이스크림도 좋은 벗이었다. 줄리에트, 에리카, 브리는 치어리더가 되었고 운동부 남자애들과 사귀었다. 엠마는 혼자 다녔다. 엠마는 친구보다 트윅스와 캐러멜을 잔뜩 얹은 팝콘과 라지 사이즈 콜라가 좋았다. 혼자서 영화를 봤고 피자 가게에서 피자 한 판을 다 먹었다. 점점 더 살이 쪘다. 그렇다고 처음부터 살과의 전투에서 얌전히 당하기만 한 것은 아니었다. 힘든 운동은 죄다 도전해 보았다. 복싱, 격투기, 검도, 암벽등반, 리듬체조까지. 비 오듯 흘리는 땀이 지방의 배출량과 정비례하지 않는다는 것을 깨달으면서 엠마는 끊었던 초코바를 다시 손에 들었다. 세상에는 안되는 게 있었고 그걸 위해 애써 봤자 허기지고 짜증만 났다. 엠마를 구원한 건 초코바였다. 달콤한 초콜릿과 기름지고 단단한 땅콩과 찐득한 캐러멜이 혓바닥 위로 입장하는 순간 삶의 달콤함이 온몸으로 녹아들었다. 초코바는 배신하는 법이 없었다. 언제나 정량의 달콤함과 지방질로 그녀의 허리 살을 딱 먹은 만큼 늘려 주었다. 그렇게 쭉 여태까지. 인생에 변하지 않는 것도 있었다. 초코바가 그랬다. 데이트를 하자는 남학생은 없었다.

그게 뭐 어때서.

엠마는 아무렇지도 않은 척했다. 엠마가 샬럿타운에서 대학을 다닐 때쯤 그린빌은 이미 한물간 보세 가게가 되어 있었다. 것 봐. 영원한 건 없는 거야. 줄리에트가 남자친구와 헤어지고 자살을 시도했다는 소식을 들었을 때 엠마는 콧방귀를 뀌었다. 허. 저도 한번 당해 보라지. 좋은 교훈이 됐겠는걸. 에리카가 고등학교만 졸업하고 레스토랑 애플비에서 유니폼을 입고 일하게 되자 엠마는 일부러 대학 로고가 붙은 후드 티를 입고 책을 잔뜩 끌어안고 그곳에 갔다. 엠마는 옛 친구를 친히 불러 티본스테이크와 시저 샐러드, 더블 치즈 햄버거와 라지 사이즈 코카콜라, 시즈닝을 잔뜩 뿌린 감자칩을 주문했다. 막상 음식이 나오자 이런저런 트집을 잡아 못 먹겠다고 종업원을 불렀다. 당황한 에리카가 얼굴이 빨개져서 어쩔 줄을 모르자 매니저가 달려나와 공손히 고객의 불평을 들었다. 엠마는 담당 웨이트리스의 옷차림과 태도에 몇 가지 일침을 가한 다음 새로 나온 두 번째 접시를 공짜로 먹고 에리카에게 팁도 주지 않았다. 나오면서 이렇게 중얼거렸다.

"에리카, 이 계집애야. 네 머리 꼴 좀 봐라. 촌스럽게."

에리카는 엠마를 못 알아보고 손님이 제 이름을 부르자 깜짝 놀랐다. 어리둥절한 에리카를 뒤에 두고 나오면서 엠마는 기분이 좋았다. 그래. 나는 대학생이 되었어. 보라고. 브리 소식은 훨씬 나중에 들었다. 일찍 결혼한 브리는 네 번째 아이를 출산한 지 얼마 안 되어 이혼했다. 남편은 브리보다 열 살 어린 여자와 재혼했다.

"그래. 네 미모는 뭐 영원할 줄 알았어? 사랑? 웃기시네."

엠마는 맥주병을 따며 기분 좋게 흥얼거렸다. 하지만 엠마가 모르는 게 있었다. 엠마가 그러거나 말거나 옛 친구들은 '엠마'

를 완전히 잊었다. 그 애들은 만나서 아직 덜 자란 자식들과 변변치 못한 새 남자친구 이야기를 했고 이따금 못돼 먹은 이웃집 사람들을 거론하며 열을 올릴 때도 있었다. 하지만 엠마가 화제가 된 적은 없었다. 엠마? 아주 어렸을 때 잠깐 어울려 다닌 적 있었지. 그런 애까지 기억해야 하나. 샬럿타운은 좁은 동네였지만 그렇다고 사귈 사람이 바닥날 일은 없었다. 이야깃거리가 떨어질 일은 더더욱 없었고. 엠마는 옛 친구들의 서사 속에 끼지 못했다.

엠마는 대학을 졸업하자 더 이상 갈 데가 없었다. 몇 군데 회사에 면접을 봤지만 아무래도 적성이 안 맞았다. "뭐라도 해라." 아버지는 성질을 냈지만 새어머니는 등 떠밀지 않았다. 새어머니가 엠마에게 원하는 것은 다이어트와 운동뿐이었다. 엠마는 부모의 기대를 어느 하나도 맞춰 주지 못했다. 기회는 서른이 다 될 무렵 왔다.

샬럿타운의 대형 쇼핑몰에서 우연히 만난 한 여성이 엠마에게 일자리를 제안했다. 그녀는 온라인 쇼핑몰을 운영하고 있었는데 오프라인 상점에서는 여간해서 팔지 않는 빅 사이즈 전문이었다. 혼자서 하는 영세 쇼핑몰이었지만 옷을 입고 포즈를 취해 줄 모델은 필요했다. 엠마는 졸지에 모델이 되어 조금씩 돈을 벌기 시작했다. 처음에는 그저 그랬다. 한 번 찍고 나면 한동안 은 연락이 오지 않았다. 그러다 쇼핑몰이 대박을 치면서 엠마까 지 덩달아 운이 트였다. 매장에서 플러스 사이즈 옷을 입어 보 기 민망했던 여성들의 온라인 주문이 폭주했다. 속옷부터 털 코 트까지. 쇼핑몰은 품목을 넓혀 나갔고 시장은 점점 커졌다. 사 진 속 엠마는 그럴듯했다. 새어머니는 엠마에게 화장품 세트와 마사지 이용권을 선물했다. "내 딸이 모델이야." 새어머니는 친 구들에게 그렇게 자랑하고 다녔지만, 모임에 엠마를 데려가는 일은 없었다. 사장은 전문 텔레마케터와 운송 전담 직원을 고 용했다. 어쩌다 반품된 옷들은 엠마의 차지였다. 세상 곳곳에 엠마와 비슷한 여성들이 있었는데 왜 그동안 날씬한 여자들의 세상에 끼지 못해 안달이었을까. 본격적으로 모델 일을 하면서 엠마는 자신이 그런대로 괜찮다고 느꼈다. 오래가지는 못했지 만 남자친구도 몇 명 사귀었다. 그들은 엠마의 직업이 섹시하다 고 그랬다. 기세를 몰아 신나게 먹고 가뜩이나 싫어하는 운동 도 그만두었다.

'뚱뚱한 여자'라는 표현이 어떤 이들에게는 모욕적이거나 성 차별적 단어일지 몰라도 엠마에게는 이제 다르게 여겨졌다. 체 격이 좋다거나, 살이 붙었다거나, 몸이 크다 등등의 우회하는 말보다 뚱뚱하다는 말이 차라리 나았다. 뚱뚱한 상태로 밥벌이가 되는 세상에 들어왔다. 좋은 시절이었다. 실컷 먹고 느긋하게 일해도 살아졌다.

처음 베로니카를 봤을 때는 신선했다. 무슨 투포환 선수 같았다. 엠마가 그동안 예쁘장한 얼굴로 모델 생활을 유지했다면 그 애는 말 그대로 몸으로 승부했다. 엠마는 이번에도 무언가 놓치고 있었는데 본인만 그걸 몰랐다. 세상이 빠르게 변하고 있었다. 체격 좋은 어린 여자애들. 젊은 세대가 치고 올라오는 중이었다. 엠마는 부인복으로 밀려나고 베로니카가 젊은 애들 옷을 맡았다. 베로니카는 피트니스 클럽에 다닌다고 그랬다.

"지가 무슨 진짜 모델이라도 되는 줄 아나 보네."

엠마는 코웃음을 쳤다. 그러다 살이라도 빠지면 어쩌려고?

"아무리 다이어트해 봐야 날씬해지지 않잖아요. 우린 크게 태어났고 그걸 자랑스럽게 여겨야 해. 운동 열심히 하면 대신 근육이 붙잖아. 보기 훨씬 좋죠. 언니 살은 너무 물렁하잖아. 처진 몸은 매력 없어. 우린 모델이라고요."

이제 스물한 살인 베로니카는 직업의식이 강했다. 그 애는 타고난 몸을 박해하기는커녕 제대로 사용할 줄 알았다. "살 뺀다는 애들 보면 좀 한심해. 그걸 왜 빼요? 잘 먹고 키워야지." 베로니카는 말도 도전적으로 했다. 그 애는 엠마의 새어머니와 같은 피트니스 클럽에 다녔는데 몸매 관리 강박에 사로잡힌 어머니보다 두 시간을 더 단련했다. 베로니카는 미래에 대한 탄탄한 계획도 세워 두었다. 시작은 작은 쇼핑몰이었지만 곧 〈코스모폴리탄〉이나 〈플러스〉 같은 잡지 표지 모델로 등장할 것이었다. 베로니카가 볼 때 이쪽 시장은 앞으로 쭉 성장할 것이다.

"베로니카는 그러라고 해."

엠마는 지금에 만족했다. 어차피 이건 제대로 된 직업도 아니고 진짜 모델도 아닌데 뭘. 나이가 더 들면 그때 가서 제대로 된 직업으로 바꾸든가. 이제 좀 살 만한데 호되게 자신을 다그칠 건 또 뭐람. 아직은 젊고 호황인데 미리 걱정할 게 뭐야. 땡! 엠마는 틀렸다. 이름 있는 대형 브랜드에서 빅 사이즈에 손을 대기 시작했다. 값은 저렴했고 디자인은 다양했으며 무료 배송에 반품도 쉬웠다. 그런 파격적인 공세로 영세 온라인 쇼핑몰이 하나둘 문을 닫았고 결국 엠마가 일하던 회사도 영업을 그만두었다.

베로니카에게 모델 에이전시가 있다는 건 나중에 알았다. 그 애는 본토에서 모델 수업을 받은 경험이 있었고 쇼핑몰 세 군데를 뛰고 있었다. 베로니카의 소개로 오디션을 보러 갔을 때 엠마는 너무 놀랐다. 체격을 과시하는 예쁘고 어린 여자애들이 끝도 없이 모여 있었다. 그 패션 감각과 도도한 표정이라니. 그 애들 곁에 서자 노인이 된 기분이었다. 오디션은 싱겁게 끝났다. "전문 등산복을 입고 산 정상에 와 있습니다. 자 포즈를 취해 보실래요?" 엠마는 당황했다. 산이라니. 뚱보들이 산에도 오르나? 플러스 사이즈를 위한 등산복이 나온다고? 엠마는 정상이 아니라 세상의 낭떠러지에 서 있는 기분이 들었다. 겁먹은 표정을 지었고 담당자가 그 정도면 됐으니 나가 보라고 했다. "연락 드리겠습니다."

연락은 오지 않았다. 엠마도 예상은 했다. 그쪽은 수준이 달랐다. 엠마는 초코바에게로 돌아갔다. 소파에 앉아 텔레비전을 켰더니 베로니카가 나왔다. 그 애는 풍만한 몸매가 훤히 드러나는 레깅스를 입고 뒤에 살찐 여자들을 거느리고 맨손체조를 가르쳤다. 확실히 마른 여자가 하는 것보다 현실적으로 보였다. 저 애는 늘 머리가 좋았어. 엠마는 베로니카를 위해 한잔했다. 그때 전화벨이 울렸다. 아버지였다. 서머사이드로 이사를 간 아버지는 거기서 만난 여자와 쌍둥이 남매를 낳고 새 인생을 꾸렸다. 자기가 낳은 무능한 뚱보 딸과 과도한 다이어트로 뼈만 남은 아내에게 질려서 떠났다고 했다. 웃기시네. 어린 여자랑 바람나서 떠난 주제에. 새어머니는 화가 난 나머지 전 재산을 팔아 그리스 섬으로 가 버렸다. 벌써 5년 전 일이었다.

"생일 축하한다. 엠마."

전화기 너머로 아버지가 말했다. 1년에 딱 세 번. 생일, 부활절, 그리고 크리스마스에만 부녀는 서로의 안부를 물었다. "일은 잘되냐?" 아버지는 늘 하던 질문을 했고 엠마는 회사가 망한 후로 오늘까지 실업자 신세를 이어 오고 있다고 얘기하지 않았다. 아버지는 한집에 살 때도 멀었고 지금은 진짜 멀어졌다. 전화기 너머로 어린 쌍둥이 남매가 떠드는 소리가 들렸다. 엠마는 전화를 끊었다. 냉장고를 열었더니 유효기간이 지난 요거트 두 개가 보였다. 엠마는 재킷을 걸치고 밖으로 나갔다. 밤 날씨가 쌀쌀했다. 엠마는 마냥 걷다가 새로 생긴 레스토랑으로 들어갔다. 온기가 있었고 사람들은 즐거워 보였다. 메뉴판을 들고 온 십 대 직원이 자리를 안내했다. 시끌벅적한 분위기에 끼는 것도 나쁘지는 않을 것이었다. 엠마는 와인 한 잔을 주문하고 음식을 기다렸다. 친구들과 가족들에 둘러싸인 사람들이 잔을 부딪치고 웃고 열을 올리는 탓에 식당은 시끌벅적했다. 그제야 엠마는 자신이 혼자라는 것, 가족이 없다는 것이 실감났다. 와인 한 잔 더 해야겠군. 지나가는 웨이터를 향해 손짓을 했지만 다들 너무 바빴다. 엠마는 빈 잔에 입술을 대고 마시는 시늉을 했다. 다시 손을 들어 사인을 보냈다. 직원들은 무거운 접시를 들고 전투적으로 걸어갔다. 입가에 미소는 지었지만 누구와도 눈을 마주칠 생각은 없어 보였다. 옆자리에서 아기가 울음을 터뜨리자 할머니가 호들갑스럽게 아기를 안고 흔들었다. 소용이 없는지 아기 아빠가 아기를 받아 인공 젖꼭지를 물렸다. 온 가족이 아기를 달래느라 부산했다. 그러면서도 끊임없이 먹고 마시고 이야기했다. 엠마는 옆을 지나치는 직원을 불렀다. 그가 다시 오겠다며 빠르게 지나갔다. 식당은 점점 소란해졌다. 엠마는 목이 말랐고 배가 고팠고 케이크를 간절히 바랐지만 곧 오겠다던 직원은 오지 않았다.

엠마는 자리에서 일어섰다. 이곳에 그녀가 낄 자리는 없어 보였다. 계산대는 비어 있었다. 그 앞에 서서 기다리다 그냥 나왔다. 아무도 막지 않았다. 엠마는 식당 밖 커다란 유리창 앞에 서서 안을 들여다보았다. 엠마가 앉았던 자리는 벌써 깨끗하게 치워져서 다른 손님을 받고 있었다. 안쪽 사람들은 선명하게 웃고 떠들고 먹고 있었다. 바깥쪽의 엠마는 한쪽 팔과 다리가 없고 얼굴만 흐릿하게 유리창에 비쳤다. 엠마는 자신이 꼭 유령 같다고 생각했다. 그보다 더 어울리는 호칭도 없었다.

부겐베리아의

유령

부겐베리아 나무는 여름에 꽃을 피웠다. 흐드러진 분홍색 꽃도 화려하고 볼 만했지만 넝쿨진 그늘이 시원했다. 동네 사람들은 꽃도 꺾을 겸 그늘 밑에서 쉴 겸 나무 밑에 모여서 담소를 나누었다. 누구는 제 집에서 의자를 가져왔고 누구는 커피를 만들어 왔고 누구는 파이를 구워 왔다. 부겐베리아는 파노스씨 댁 소유였으나, 그늘을 차지한 이가 주인 행세를 했다. 낮에는 할머니들이 그늘에서 뜨개질을 하며 시간을 보냈는데 주로 어느 집 음식이 맛있는가에 대한 활발한 논쟁이 벌어졌다. 집안을 대충 치운 젊은 부인들이 시금치 파이와 커피를 내오면 같이 앉아 먹었고 저녁때가 되면 남자들 차지였다.

어이. 파노스. 여기다 아예 타베르나*를 열게. 장사 잘되겠구면. 요르고스 씨가 장난삼아 운을 뗐고 다음엔 스타마티스 씨가 거들었다. 그래 그래, 우리가 와서 팔아 주면 되잖은가. 파노스 씨는 장사꾼 스타일은 아니었다. 가진 건 부겐베리아 나무와 작은 마당이 딸린 집이 다였다. 에이. 아무리 그래도 그렇지, 장사는 뭐 아무나 하나. 파노스 씨가 그렇게 말하며 손을 내저었지만 뭐, 주말에 잠깐 바비큐를 굽는 정도는 할 수 있겠다 싶었다. 부업 정도로 말이다.

이웃집 의자가 나왔다 들어가고 또 다른 집 의자가 나왔다 들어가던 부겐베리아 그늘 밑에 파노스 씨가 마련한 테이블 두 개와 의자가 상시 놓여졌다. 집밥이 지겨워진 사람들은 부겐베리아에 와서 고기를 먹었다. 낮잠을 자고 난 사내들은 이곳으로 슬슬 걸어와 포도주 한잔에 간단한 요리를 시켜 먹고 돌아갔다. 요리랄 것도 없었다. 화덕에 불을 지핀 다음 그 위에 가지와 버섯을 굽고 식초와 올리브유를 곁들이면 그게 일품이었다. 신선한 생선을 잡아다 굽고 그 위에 레몬과 소금만 뿌렸는데 그게 또 히트를 쳤다. 샐러드도 별 게 아니었다. 토마토와 오이를 썰고 올리브와 페타 치즈를 얹으면 끝이었다. 모두 그런 식

* 그리스식 요리를 제공하는 작은 식당.

이었다. 각자의 가정에서 먹을 수 있는 흔한 음식이 메뉴로 올라왔다. 차라리 내 집 음식이 나왔는데도 사람들은 타베르나를 애용했다. 장사는 잘됐다. 부겐베리아는 단골이 많았고 그것이 성공 요인이었다. 다 옛날 얘기다.

"당신의 경영 전략은 무엇입니까."

런던 출신의 시퍼렇게 젊은 놈이 타베르나 운영 17년 경력의 파노스 사장에게 그렇게 물었을 때 그는 그만 웃고 말았다.

"아니 먹고 즐기는 데 전략과 전술이 필요한가."

그건 파노스 사장이 몰라서 하는 소리였다. 직원들 월급이 석 달째 밀려 있었다. 그 많던 단골이 언제부터 발길을 끊었는지 기억조차 나지 않았다. 과거 부겐베리아를 흥하게 했던 현지인들은 뿔뿔이 어딘가로 흩어졌고, 이제는 소수의 외국인 관광객으로 겨우 유지됐다. 아무리 크레타 섬으로 유입되는 관광객수가 많다 해도 광장에는 더 크고 화려한 레스토랑이 수두룩했다. 초짜 관광객들이 찾는 그리스 대표 음식이 부겐베리아에는 없었으니 그 또한 문제였다.

여행자라도 모두 같지는 않았으므로 크레타 정통 요리를 원하는 이들이 오면 되는 거 아닌가. 문제는 거기 있었다. 부겐베리아와 취향이 같은 여행자를 뽑아낼 것. 파노스 사장은 여기서 걸려 넘어졌다. 손님 유치에 실패했는데도 메뉴에는 변화가 없었고 빚은 늘고 있는데 낙관적 태도로 대응했다. 이제는 진짜 망했다고 생각했을 때, 기적 같은 구원이 찾아왔다.

브래디 핸더슨. 그는 영국 맨체스터에 자체 브랜드를 가진 식당 체인의 운영자이자 그리스 요식업에 돈을 대는 투자자였다. 부겐베리아의 촌스러움이 그의 마음을 비집고 들어섰다. 온갖 훌륭한 것들에 질리던 참이었다. 치열하게 경쟁하는 영국의 요식업계에서 한 발짝 빠져나와 크레타 섬으로 들어온 것도 잘난 것들에 치였기 때문이었다. 세상 어딜 가도 똑같았다. 감동이 없었다. 그래서 그랬던가. 부겐베리아의 수수한 맛이 그의 머리통을 때렸다. 부겐베리아의 음식은 잘난 체하지 않았고 최고가 되려고 애쓰지 않았다. 브래디가 동네 음식점에 불과한 부겐베리아에 투자하면서 파노스 사장에게 당부한 것은 딱 하나였다. 지금 이대로 촌스러울 것. 그 요구는 파노스 사장이 보기에도 파격적이었다. 돈 많은 외국인들 취향은 참 알다가도 모를 일이었다.

그러던 브래디가 변한 건 브렉시트 이후였다. 영국이 자발적으로 EU를 뛰쳐나온 탓에 유럽 곳곳에 뿌리를 내린 체인점들이 갑자기 서자 취급을 당하게 됐다. 그 엄청난 세금을 생각하니 머리가 지끈거렸다. 브래디는 누웠던 선베드에서 몸을 일으켰다. 섬에 오래 눌러앉았다. 그는 서둘러 본국으로 돌아가 비즈니스를 정비했다. 이제 부겐베리아를 손 볼 차례였다.

파노스 사장도 이번에는 웃지 않았다. 진짜 망했다. 뭣도 모르고 외국인 투자자에게 돈을 받은 게 잘못이었다. 받을 때는 좋았다. 줄줄이 따라오는 조건들을 제대로 읽어 보지도 않았다. 일단 빚을 갚고 투자자의 말대로 경영 방식을 조금 바꾸면 다시 전처럼 잘 돌아갈 줄 알았다. 착각이었다. 투자 자본을 회수할 길이 없어지자 투자자에게 타베르나를 통째로 내어 주게 생겼다. 보다 못한 지배인이 머리를 굴려 보았지만 소용없었다.

마이크가 등장한 것은 그때쯤이었다. 쓰레기를 치우고 몇 푼씩 받아 가던 아이가 하루는 손님들을 이끌고 왔다. 거리에서 길을 헤매는 관광객을 데려왔다고 그랬다. 다음날 쓰레기를 버리러 나갔다가 또 손님들을 데려왔다. 사장은 하루 열 명을 데려오면 5유로를 주겠다고 했다. 마이크는 자꾸 나갔고 계속 데려왔다. 마침 브래디가 방문한 날 마이크가 손님을 여럿 몰고 오는 일이 벌어졌다. 테이블은 꽉 찼고 손님들은 기분 좋게 떠들었다. 음음. 브래디가 뜻 모를 웃음을 지었다. 파노스 사장은 희망을 걸어 보았다. 식당 사업은 신경 쓸 게 많기는 했지만, 한

번 됐다 하면 크게 됐다.

"6개월 기한을 더 드리죠. 혁신경영을 하셔야 할 겁니다. 새 지배인은 저희 쪽에서 보내 드리겠습니다."

브래디는 와인 잔에 묻은 물방울 자국을 들여다보며 말했다. 지배인이 교체되었다. 주방장을 보조하는 요리사 한 명이 해고되었다. 홀을 책임지던 나이 든 웨이터들은 전부 미남 청년들로 바뀌었다.

마이크는 남았다. 마이크는 있어도 되거나, 나가야 하거나 하는 식으로 호명되는 존재가 아니었다. 마이크는 유령 아이였다. 부겐베리아에 존재하되 보이지 않는 유령. 파노스 사장은 6개월간 최선을 다해 고객을 유치하라고 마이크를 격려했다. 그는 브래디를 몰라도 너무 몰랐다. 비즈니스란 '그리스인 조르바'식 스피릿으로 돌아가는 것이 아니지 않은가. 브래디가 교체한 인물들은 타베르나의 혁신 경영을 위해 채용된 것이 아니었다. 그들은 다음을 준비하기 위해 먼저 와 있는 거였다. 6개월 후면 이곳의 건축 규제가 풀릴 것이었다. 때가 되면 부겐베리아는 허물고 새 건물을 지을 것이었다. 부겐베리아는 젊은이들의 클럽으로 거듭날 예정이었다. 잘생긴 청년들은 그때를 위해 기용되었다. 마이크는 일찌감치 눈치챘다. 유령으로 살다 보면 남들이 보지 못하는 것을 보고 남들이 듣지 못하는 것을 듣게 되는 감각이 생겨난다. 마이크도 안다. 부겐베리아는 망했다. 마이크는 파노스 사장에게서 받는 열 명당 5유로 때문에 여기 붙어 있는 것이 아니었다. 브래디의 왕국. 거기 편입되고자 했다. 마이크의 꿈은 파노스 사장보다 멀리 가 있었다.

마이크는 엠마를 데리고 광장의 인파를 헤쳤다. 하루하루가 훈련이나 마찬가지였다. 무난한 고객에 익숙해지다 보면 감을 놓치기 쉽다. 까다로운 고객은 마이크를 강하게 만든다. 바다 코끼리 같은 여자였다. 바닥에 딱 붙어서 일어날 줄을 몰랐다. 시무룩한데다 화까지 내고 있었다. 마이크는 인내심이 바닥을 치는 것을 느꼈지만 끝까지 몰입하는 자신이 좋았다. 처음에 엠마는 만사가 귀찮다는 표정으로 앉아 있다가 자기 어머니의 죽음과 아버지의 재혼 이야기로 시작해 예뻤던 유년 시절과 커서 겪은 모욕의 생애를 파노라마처럼 풀어놓더니 마침내 얘기를 끝내고 힘 빠진 목소리로 물었다.

"애. 이 근처 어디 먹을 만한 데 있니? 아침부터 아무것도 못 먹었거든."

"저만 따라오세요. 기막힌 곳을 알거든요."

그렇게 된 거였다. 엠마는 마이크의 매력에 넘어간 것이 아니었다. 배가 고픈 지경에 이르자 스스로 일어섰다.

광장에 다닥다닥 붙은 수십 개의 타베르나를 지나치면서 마이크는 기분이 으쓱해졌다. 여기 타베르나들은 개성 없기가 죄 똑같았다. 기껏해야 의자 색깔이나 다를까. 메뉴판을 아무리 들여다봐야 거기서 거기였고 싸구려 와인에 허술한 음식으로 일회성 손님들의 지갑을 열었다. 그런 타베르나 사이에서 어디를 갈지 곤혹스러워하는 관광객들을 좀 보라지. 낯선 지방의 식당 앞에 선 여행자들만큼 미숙하고 애처로운 존재들이 또 있을까. 그들을 바른 타베르나로 인도하는 일은 충분히 가치 있는 일이었다.

마이크는 길을 걸으며 쉬지 않고 레팀노의 유적지에 관해 재잘거렸다. 손님들은 그런 얘기를 좋아했다. 단체 관광객을 끌고 다니며 소형 마이크를 사용하는 가이드를 며칠만 쫓아다니면 외울 수 있는 레퍼토리였다. 엠마는 별로 관심이 없어 보였다. 마이크는 어깨를 흔들거리며 춤추듯 젤라또 가게와 모스크, 작은 부티크 가게들을 지났다. 사실 유적지보다는 이런 것들이 마이크의 관심사였다. 맛있고 예쁘고 아름다운 것들. 이를테면 현대식 호텔 같은 것.

"보세요. 저게 벨라지오 럭셔리 부티크 호텔이에요. 이름대로 진짜 럭셔리하답니다. 뭐 저도 직접 가 본 건 아니고요."

마이크가 가리킨 호텔은 입구부터 대리석 기둥을 세워 그리스 고대 유적지를 흉내 냈는데 과연 5성급 호텔답게 기품 있고 깨끗했다. 활짝 열린 현관문 사이로 주홍빛의 샹들리에와 검정색의 고급 가죽 소파가 보였다. 테이블마다 꽃과 은은한 초가 흔들렸다. 와우. 저 현관문을 통과하는 사람은 어떤 사람들일까. 마이크와 엠마는 잠시 호텔 앞에 걸음을 멈추고 홀린 듯 내부를 힐끗거렸다.

"전 말이죠. 한 번도 호텔 같은 데서 자 본 적이 없어요. 며칠씩 호텔에 묵으면 얼마나 신날까요?"

"호텔은 끔찍해. 욕실에선 지독한 락스 냄새나 풍기고 침대 구석에는 먼지가 굴러다녀. 아침식사는 우유에 시리얼. 형편없지."

엠마가 투덜댔다. 하긴. 자주 여행하는 사람들에겐 비행기도 호텔도 고충이랬다. 지배인은 자주 해외여행을 떠났고 돌아오면 웨이터들에게 "야, 야, 별거 없다니까. 제 집이 최고지." 했다. 마이크도 들어서 안다. 언젠가는 마이크도 직접 겪고 나서 알게 될 것이었다. 마이크가 골목길에 들어찬 관광객들을 요리조리 피하면서 재잘거리는 동안에도 엠마는 무심한 표정으로 기쁜 것도 나쁜 것도 없다는 듯 따라오고 있었다.

무던하게 쫓아오던 엠마의 겨드랑이가 축축하게 땀에 젖고 다리가 아파 올 무렵, 분홍색 부겐베리아 꽃나무가 보였다.

"다 왔어요. 마이 레이디."

마이크가 환한 얼굴로 말했다.

"손님 모십니다!"

그가 일부러 큰 목소리로 떠벌이며 타베르나 안으로 들어서자 와인 잔 여덟 개를 쟁반에 이고 가던 웨이터가 준비된 미소로 엠마에게 눈인사를 건넸다. 마이크는 엠마를 부겐베리아 넝쿨 밑의 시원한 자리에 앉혔다.

"어서 오십시오, 손님. 여기 영문 메뉴판입니다. 천천히 보시고 불러 주시면 다시 오겠습니다."

바람처럼 나타난 웨이터가 테이블 위에 메뉴판을 펴고 작고 깜찍한 초에 불을 켜더니 물잔을 내려놓은 다음 한쪽 눈을 찡긋하면서 자리를 비켰다. 마이크는 홀린 듯 그의 뒷모습을 보았다. 흰색 앞치마를 두르고 금발을 휘날리며 경쾌하게 테이블 사이를 누비는 미할리스는 언제 봐도 놀라웠다. 손님이 손을 들어 웨이터를 부르기도 전에 물잔을, 메뉴판을, 레몬을, 맥주병을 들고 무대 위에 선 발레리노처럼 테이블 사이를 날아다녔다. 역시 부겐베리아 최고의 인기 웨이터답다. 마이크는 미할리스가 한쪽 눈을 찡긋할 때마다 여자 손님들이 맥주 한 잔씩 더 주문한다는 걸 알고 있었다.

"어이, 마이크! 뭘 얼쩡대고 있어?"

지배인이 마이크의 귀를 거칠게 잡아끌었다.

"너, 매일 이런 식이면 곤란해. 하루 열 명은 내가 한 말이 아니었어. 네 영업 포부였지. 차라리 인스타그램을 해라. 어?"

"지배인님, 인스타도 하고 유튜브도 하고, 다 하고 있어요. 근데 진짜 제가 해 봐서 아는데 영업은 발로 뛰는 게 최고라고요."

"웃긴다? 그런데 실적은 이 모양이군."

"그게, 요새 날씨가 너무 더워서요. 여기까지 고객들이 오기엔 한계가 있고요."

"핑계는! 이게 무슨 중세시대 짓거리인지 나로서는 절대 이해가 안 가지만, 어쨌거나 사장님이 그깟 푼돈 아끼지 말라 하시니까 너 그냥 두는 거야. 곧 핸더슨 씨가 오시면 어차피 사장님이나 너나 바이바이니까."

"핸더슨 씨요? 언제 오시는데요?"

"허. 그게 궁금하냐. 이 얍삽한 녀석아. 청소부는 어차피 핸더슨 씨가 결정하는 게 아니야. 나한테나 잘 보이라고. 그러니까 너 내일 여기 근처엔 얼씬도 하지 마. 알지? 고스트. 유 겟잇?"

마이크가 고개를 끄덕이자 지배인이 잡았던 귀를 놓았다. 귀가 얼얼했다.

"마이크, 이 게을러빠진 녀석!"

이번에는 주방에서 고함소리가 터져 나왔다.

"내가 심부름시킨 건 어떻게 된 거냐? 이놈의 자식! 당장 들어와!"

지배인의 손아귀에서 빠져나온 마이크가 잽싸게 주방 문으로 들어서자 거센 손아귀가 그의 팔을 잡아끌었다.

"저런 빌어먹을 놈의 자식!"

마리아 아줌마가 마이크의 품에 구겨진 빵 봉투를 던지며 씩씩거렸다. 아줌마는 크레타 출신답게 살결은 붉고 허리는 두꺼웠으며 다혈질이었다.

"왜 아줌마까지 나한테 화를 내고 난리예요?"

마이크가 빵 봉투를 건네받으며 따지자 투박한 손바닥이 그의 머리를 쥐어박았다.

"쉿! 조용히 해. 너 말고 저 자식 말야. 재수 없는 놈. 어젯밤에 카테리나가 짤렸다."

"네에? 왜요?"

"애들이 다섯이여. 어쨌든 먹고 살아야 할 거 아녀? 그래서 남은 음식을 가지고 갔지. 양고기랑 절인 엔초비. 많지도 않았어. 옛날 지배인 같았으면 남은 건 죄다 우리가 먹는대도 상관 안 했어. 그런데 뭐? 도둑년이라고? 야, 주방에서 남은 음식 싸 가는 건 전통이었어. 홀에서 웨이터들이 팁 받아먹고 사는 것도 불법이던?"

마리아 아줌마는 열불이 터지는지 앞치마 주머니에서 담배를 꺼냈다.

"아줌마! 주방에선 절대⋯⋯."

마이크가 재빨리 외쳤다. 마리아 아줌마는 손가락에 꼬아 든 담배를 멍하니 쳐다보더니 불도 켜지 않은 채로 입에 물었다.

"알아. 하도 열불이 터져서 그렇지. 카테리나는 막내가 겨우 젖먹이여. 젖도 못 먹이고 화롯불에 붙어 서서 하루 종일 고기만 구웠네. 화상을 입고도 지배인한테 입도 뻥긋 안 한 애여. 혁신적 식당 경영? 좋아하시네! 여태 우리끼리 잘 해 오지 않았던? 어디서 들도 못한 아테네 관광 대학 출신입네, 하고 나타나서는 지 멋대로 들쑤시는 꼴 좀 보라지. 더러워서. 나도 당장 때려치운다, 때려치워!"

마리아 아줌마는 팔을 마구 휘저으며 소리쳤다.

"뭐 그러시든가. 안 말려요, 부인."

언제 들어왔는지 어두운 주방 한쪽에 지배인이 그림자처럼
서 있었다.

"아니, 그게…… 진짜 그런단 게 아니라."

"제 방식이 마음에 안 드시면 뭐 그냥 해산하세요. 엄연히 규
칙이란 게 있는데 그냥 막 무시하고 그래도 되는 겁니까. 아주
작은 것. 그거 중요하거든요. 한번 봐주고 그다음에 또 봐주고.
그렇게 무너지기 시작하면 끝도 없다니까요. 모두를 위한 조치
였습니다. 섬에 오래 계셔서 잘 모르시나 본데 지금 본토는 무
척 어수선해요. 청년들이요, 일자리가 없어요. 마리아 부인보다
더 세련된 조리법을 배운 요리사들이 이런 타베르나 자리도 못
잡아서 놀고 있다고요."

"아니, 그거야 내가 뭐라나? 이렇게 이 잡듯 우리를 닦달해
봐야 좋을 게 뭐가 있겠수? 한식구끼리?"

마리아 아줌마의 말에 지배인이 느닷없이 웃음을 터뜨렸다.

"앗 쫌. 제발요. 이럴 때 꼭 노친네처럼 얘기하시더라. 패밀리
가 어쩌고. 정이 어쩌고. 그래서 망한 거잖아요, 그리스. 어쨌거
나요. 빵 한 조각도 반출 금지. 오케이?"

지배인은 조용히 눈을 내리고 마이크의 빵 봉지를 노려보았다. 마이크는 품에 안고 있던 빵 봉지를 후다닥 테이블 위에 내려놓았다. 그 모습을 본 마리아 아줌마는 간신히 분을 삭이며 입을 뗐다.

"이봐, 지배인. 하루 종일 굶은 애한테 어제 남은 빵 조각도 못 준다면야 그게 사람이여? 젠장할, 식품위생법? 마른 빵은 먹어도 어차피 탈도 안 나고 놔둬 봐야 버리기밖에 더 하겠수?"

"그냥 버리세요. 남은 음식은 버리는 겁니다. 자꾸 이런 선례를 남기시면요, 나중에 힘들어져요. 전문 경영이란 게 그래서 필요한 겁니다. 명성이란 게, 쌓기는 힘들어도 무너지는 건 정말 순식간이니까요. 아시잖아요? 저보다 한참은 더 오래 사셨으니까."

저게 다 헛소리라는 걸 마리아 아줌마도 알고 마이크도 알았다. 카테리나는 주방이 수명을 다했으므로 잘린 거였다. 내일 브래디가 오면 부겐베리아는 끝장이었다. 막판이 되니 지배인은 본색을 드러냈고 요새는 하루가 멀다 하고 마리아 아줌마와 말다툼을 벌였다. 웨이터들은 알아서 기었지만 마리아 아줌마는 달랐다. 세상이 아무리 변했대도 마리아 아줌마의 성깔까지 덩달아 변화시킬 수는 없는 법이었다.

마리아 카라바바스가 누군가. 그는 그리스가 최고 호황기를 누리던 시절 중심에 서 있던 사람이었다. 마리아는 레팀노 지방 방송에 자기 이름을 걸고 요리 프로그램을 이끌었고, 크레타 관광청에서 주관하는 요리 대회의 심사위원이었으며, 팔라디움 호텔의 수석 요리장이었다. 그러던 그가 염병할. 경제 위기 어쩌고 할 때부터 각오는 했지만, 이렇게 하루아침에 망할 줄은 몰랐다. 팔라디움 호텔은 오랜 재정 적자를 이유로 매각되었다. 직원들 사이에 대량 해고라는 단어가 떠다녔다. 수석 셰프 마리아 카라바바스는 직원들을 안심시켰다. 차라리 잘된 일이다. 호텔은 새 옷을 갈아입어 더 좋아지고, 직원들의 복리후생도 선진적으로 바뀔 것이라고. 설사 누군가 잘린대도 그건 개인의 불성실함 탓이거나 하는 일 없이 자기 사무실의 에스프레소 머신만 자꾸 새것으로 바꿔 대는 윗대가리 정도일 것이라고.

새로 부임한 요르고스 사장은 그리스 태생이었으나 어릴 때 미국으로 건너가 엘리트 교육을 받으며 미국인으로 성장했다. 직원들은 그가 이름만 빼고 싹 다 미국식으로 성형한 인물이라고 평가했다. 그건 좋은 소식일 거였다. 요식업계에 오랫동안 몸 담그며 경험한 바, 대다수 미국인은 마리아 카라바바스에게 후한 점수를 줘 왔다. 요르고스 사장이 그쪽 스타일이라면 마리아와 일하는 데 큰 문제는 없을 것이었다. 크레타에 오는 외국인들은 어린아이와 같은 환상을 품고 있어서 초록색 올리브 오일과 크레타산 와인, 크레타식 푸짐한 요리와 그 특유의 시골스러움을 찬미했다. 그런데 웬걸. 첫날부터 요르고스 사장은 팔라디움은 고품격의 서비스를 제공할 것이며 촌스러움은 끝이라고 선언했다.

촌스러움? 우리더러 촌놈들이라는 거야 뭐야.

직원들은 불안했다. 새로운 사장의 뉘앙스에는 뭔가 가시가 박혀 있었다. 직원들은 외모에 더욱 신경을 썼고 말투를 조심했다. 고품격의 서비스. 그건 대체 어떤 것일까. 하이힐을 신고 허리를 꼿꼿이 세우고 고상한 말투를 쓰고 상냥한 미소를 짓고? 하지만 손님들은 크레타식 투박한 농담과 껄껄 큰소리로 웃고 떠드는 호탕함을 좋아했다고요.

노노. 요르고스 사장은 손가락을 들어 깔끔하게 가로선을 그었다. 새로이 단장한 호텔은 제대로 교육받은 호텔리어 즉 세련된 영어 발음과 최신식 매너로 무장한 엘리트 직원들에 의해 운영될 것입니다.

엘리트? 그럼 우린 뭐였는데?

직원들이 우왕좌왕하는 동안 호텔은 장기간의 내부 공사를 구실로 본격적인 구조조정에 들어갔다. 대학살이 시작되었다. 토박이들이 가장 먼저 짐을 쌌다. 요리사는 시장의 상인들을 잘 알았고 홍보팀장은 지역 신문 기자와 자주 어울렸고 웨이터는 동네 유지들과 친한 식이었다. 그게 이득이 되면 되었지 뭐가 문제야. 팔라디움의 초대 사장도 레팀노 토박이였어. 그게 걸림돌이 될 줄이야.

새로 오픈한 호텔은 원래의 이름과 로고를 다 버리고서 글로벌 호텔의 체인이 되어 대형 리조트 단지로 거듭났다. 호텔 전용 해변에는 새하얀 파라솔과 나무틀로 만들어진 최고급 베드가 끝도 없이 세워졌다. 해변의 카페테리아도 바도 호텔에서 직접 운영했다. 돈을 낸대도 파라솔을 빌릴 수 없었으니 오직 호텔 투숙객들만이 푹신하고 쾌적한 베드에 몸을 누일 수 있었다. 직원들은 흰색 유니폼을 입고 기품 있게 호텔 곳곳을 누비며 유창한 영어로 고객들을 모셨다. 이 지역 사람들에게는 낯선 풍경이었다. 그들은 가깝게는 아테네에서, 조금 멀게는 독일이나 영국에서, 더 멀게는 미국에서 날아왔다. 아무리 찾아봐도 레팀노 출신은 없었다. 주방의 셰프는 프랑스인이었다. 이름이 뭐라고 그랬는데 마리아 카라바바스는 발음도 못 하겠더라. 기욤드 뭔가 그랬다.

모든 게 너무 빠르게 변해서 마리아는 울고 앉아 있을 정신도 없었다. 남편과 갈라선 지 7년째였고 애들이 넷이었다. 동급의 호텔들은 대부분 망하거나 매각되어 팔라디움의 전철을 밟고 있었다. 대형 호텔 체인으로 묶여 버린 레팀노의 호텔들은 이제 마리아에게 대학 졸업장과 각종 자격증을 요구했다. 이게 대체 뭔 소리래. 날더러 뭘 증명하라고? 마리아 카라바바스라는 길고 친근한 이름과 두터운 두 손이 모든 걸 말해 주지 않던가. 잔소리 치우고 내 요리를 먹어 보기나 하셔. 그깟 것들이 뭘 말해 준다고. 접시에 담긴 음식이 모든 걸 증명하고 있구먼. 세상에. 웬걸. 그들은 감히 마리아의 작품에 토를 달았다. 젊은 요리사들은 어디서 배워 왔는지 오븐 구이 가지 요리에 올리브오일 대신 물컹한 모차렐라 치즈를 얹었다. 크레타산 발사믹 식초를 한 방울 뿌리는 대신 이탈리아산 발사믹 글레이즈로 접시를 장식해야 한다고 주장했다. 그리스 가정식 요리가 겉으로는 비슷해 보여도 격이 다르다나 뭐라나.

카라바바스 부인, 당신 요리는 올리브오일이 지나치게 많이 들어가서 위에 부담을 줘요. 게다가 양이 너무 많은데다 글쎄, 외관도 너무 투박합니다. 거대 호텔 체인이 들어서고 연속해서 듣는 지적이었다. 언제는 크레타의 건강 비결이 녹색의 찐득한 올리브오일과 느긋한 시골스러움이라고 떠들더니, 이제는 우리더러 촌스럽대. 마리아는 계속 헷갈렸다.

작은 호텔은 나름의 이유로 마리아를 원하지 않았다. 그의 벅찬 경력이 문제였다. 우리 호텔은 조식 서비스만 하는데 셰프께서 하실 일은 거의 없다고 봐야 합니다. 달걀 프라이나 오믈렛, 소시지구이가 다거든요. 존경심이 담긴 부드러운 퇴짜였다. 막 부릴 수 있는 젊은 풋내기 요리사를 원한다는 건 척 봐도 알았다. 그래, 자존심이 있지. 요리도 아닌 일 앞에서 요리장의 모자를 눌러 쓸 수는 없지 않나.

마리아 카라바바스는 제 이름을 가리고 경력을 축소해 타베르나로 눈을 돌렸다. 타베르나야 말로 심플하고 시골스런 매력이 장점이 되는 곳 아니던가. 꽤 큰 타베르나는 요리사가 다섯 명이 넘었고 요리장은 호텔 셰프 만큼이나 권위가 있었다. 문제는 타베르나가 자꾸 망한다는 거였다. 오래된 타베르나가 망한 자리에 클럽이 문을 열었고 젊은 취향의 카페테리아나 패스트푸드 전문점들이 새로이 생겼다. 레팀노 역사상 이런 격변이 없었다. 한쪽은 망했는데 다른 쪽은 장사가 너무 잘됐다. 작은 호텔은 손님이 없었지만 대형 리조트는 반년 전에 예약이 마감되는 식이었다.

부겐베리아에 왔을 때쯤 셰프 마리아 카라바바스는 마리아 아줌마가 되어 있었다. 이제는 아무도 자신의 풀 네임을 기억하지 못했다. 어차피 쓸모없는 명성이었다. 그런데 파노스 사장이 마리아를 기억해 냈다. 그뿐인가. 그는 크레타식 요리를 이해했고 그리스식 타베르나의 정체성을 정확히 아는 사람이었다. 타베르나야말로 아직까지 그리스 정서가 남아 있는 청정 구역이 아니던가. 갈수록 퓨전화되는 그리스 요리를 보건데 마리아 카라바바스의 요리는 유네스코에 등재되어야 마땅했다. 사장과 마리아는 그것을 지켜 내자고 다짐했었다. 브래디 핸더슨도 처음에는 같은 편인 줄 알았건만. 쯧쯧. 하긴 비즈니스 세계에 네 편 내 편이 어딨나. 오직 돈만이 같은 편이었다.

마리아 아줌마도 다 안다. 주방에 셰프만 남는 다는 건 타베르나가 끝났다는 소리다. 브래디는 바를 운영할 것이고 마리아 아줌마는 거기 남아 안주를 만들겠지. 그래도 그게 어디냐. 나머지 불쌍한 것들이 문제였다. 저 썩을 지배인 놈. 머리에 딱딱한 젤이나 쳐 바를 줄 알지 사람에 대해 아는 것이 있는가. 그런 주제에 사람 관리를 한다고. 마이크만 봐도 그렇다. 그 애는 영어도 잘한다. 머리도 좋다. 생긴 것도 멀끔하다. 막내 웨이터

자격이 충분한데도 지배인은 구태여 멀리서 웨이터를 새로 구해 왔다. 그 애는 아테네에 있는 무슨 전문대학을 다니다 그만두고 여기로 왔다. 그가 잘하는 거라고는 윙크밖에 없네 그려. 마리아 아줌마는 속에서 열불이 터졌다.

"녀석아. 내가 주는 건 괜찮대도."

마리아 아줌마는 빵 봉지를 주워 들고 마이크 손에 억지로 안겼다. 마이크는 불안한 눈초리로 마리아와 지배인을 번갈아 보았다.

"아니요, 아줌마. 규칙은 규칙이죠. 지배인님이 법이니까요. 이젠 아무것도 주지 마세요. 제가 안 받아요."

마이크는 주방을 뛰쳐나왔다.

"미친! 법 좋아하시네."

마리아 아줌마의 거친 한마디를 끝으로 주방은 조용해졌다. 마이크는 타베르나를 빠져나가면서 자기 손님을 향해 인사하는 것도 잊지 않았다.

"엠마, 마이 레이디! 보나 뻬띠!"

엠마는 웅크린 등허리를 펴고 마이크를 돌아보았다. 마이크는 미할리스처럼 멋지게 윙크를 보내고 싶었지만 작렬하는 햇빛 탓에 두 눈을 동시에 감고 말았다. 마이크가 허둥대는 동안

엠마는 다시 돌아앉아 미할리스와 이마를 맞대고 다정하게 소
곤거렸다.

"내 손님이었어. 내 손님!"

마이크는 담벼락에 자란 부겐베리아를 한 움큼 쥐어뜯었다.
애써 데려온 손님은 언제나 미할리스 차지였다. 마이크는 오늘
따라 그게 조금 분했다. 메뉴판에 나오는 모든 요리와 그 조리
법까지 달달 외우는데도 좀처럼 써먹을 기회가 오지 않았다. 미
할리스는 무조건 값비싼 양고기를 먹이려 할 테지. 마이크는 미
할리스가 지금쯤 읊고 있을 대사까지 알고 있었다.

"손님, 크레타 산골짝에서 풀만 먹고 자란 어린양은 살이 부
드럽고 지방질이 없는데다 우리 부겐베리아 셰프의 바비큐 굽
는 실력은 이 지방 최고입죠. 크레타 최고의 양고기를 먹지 않
고 손님네 고향으로 돌아간다면 크레타 여행을 제대로 한 게
아니거든요. 나중에 고향 땅에서 아, 그때 미할리스 말대로 양
고기 바비큐를 먹을걸! 후회해 봐야 다 소용없다니깐요. 함께
곁들일 에피타이저로는 페타 치즈가 진하게 들어간 시금치 파
이와 그릭 샐러드를 추천합니다. 아, 음료는 뭐로 하시겠어요?"

마이크의 입에서 침이 돌았다. 딱 한 번. 손님이 남긴 양고기
를 뜯어 본 적이 있었다. 샐러드 소스와 범벅이 되어 보기 흉한

데다 식은 지 꽤 오래된 녀석이었는데도 혀 위에서 살살 녹았다. 고기의 온몸 구석구석 스며든 바비큐 특유의 향은 또 어떻고. 배가 꼬르륵거렸다. 빵 봉지를 모른 척 들고나올걸. 후회가 되었다. 그건 무슨 시늉이었을까. 마리아 아줌마를 지키고 싶어서, 아니면 지배인에게 잘 보이고 싶어서? 그런다고 그가 좋게 봐 줄까.

지배인이 아무리 얄밉게 굴어도 마이크에게는 존경하는 마음이 있었다. 그는 스타일이 좋은 사람이었다. 요식업계에서는 그게 중요했다. 지배인은 비슷비슷한 향수 냄새를 풍겼지만, 매일 미묘한 변화를 주어 주위 사람의 호감을 샀다. 업무 중에 신는 끝이 뾰족한 구두는 색깔별로 브랜드별로 느낌이 달랐다. 퇴근할 때는 허벅지가 딱 붙는 청바지에 흰색 운동화, 상의는 클래식한 재킷을 걸쳤는데 이런 요상한 차림을 보고 사람들은 옷 잘 입는다고 평했다.

마이크도 다음 달에는 지배인이 신는 흰색 운동화를 마련할 작정이었다. 이미 똑같은 운동화를 시장에서 봐 놓았다. 그곳에는 중국에서 온 보따리장수들이 지배인 것과 똑같은 운동화를 절반도 안 되는 값에 팔았다. 아무렴. 스타일이 중요하다. 몇 년 안에 마이크는 번듯한 직업을 갖게 될 것이었다. 물론 웨이터다. 아도니스 거리에서 쇼핑을 하고 새로 들어선 3층짜리 헤어 숍에서 두피 마사지를 받은 다음 냄새 좋은 헤어 젤을 잔뜩 바르고 돌아다니면 여자들이 눈길을 보내리라. 마이크는 여자들에게 젤라토를 대접하고 청정 해변 미크로에 데려갈 것이다. 그들은 비키니 차림으로 일광욕을 하고 마이크는 명품 선글라스를 끼고 흰색 셔츠의 단추를 풀어 둔 채 미녀들의 곁에 누워 칵테일을 마실 것이다. 스타일만이 구질구질한 삶을 구제한다. 요즘 같은 세상에 누가 길거리에서 호객 따위를 한다고. 어차피 다 구실이었다. 부겐베리아도 솔직히 마이크의 종착점은 아니다. 일단 여기서부터 시작해서 5성급 호텔의 직원까지 올라가면 되는 거다. 이러고 있으면 곧 막내 웨이터로 써 줄까 봐 눌러앉아 있는 거다. 뭐든 처음이란 있어야 한다. 그래야 경력이 되며, 경력 없이는 어디서도 사람을 쓰려고 하지 않으니까. 그런데 제기랄 도무지 차례가 돌아오지 않는다. 부겐베리아 언저리에서 2년을 맴돌았다. 지배인은 진짜 모르는 걸까. 마이크가 야심을 드러내지 않은 것이 잘못이었을까. 아니면 마이크가 모르는 게 있나. 아테네 대학생은 되고 마이크는 안 되는 이유. 누가 모르는 것인가.

눈앞에 바다가 새파랗게 넘실거렸다. 황금빛 태양을 받은 새하얀 요트가 그림처럼 정박해 있다. 항구는 크레타 섬이 베네치아 왕국에 점령당했을 때 지어진 탓에 베네치안 항구라는 당치 않은 이름을 얻었지만 그것에 불만을 품거나 이의를 제기하는 그리스인은 없어 보였다. 오히려 이름값을 했다. 관광객들은 그리스에 와서 덤으로 16세기에 지어진 베네치안 요새도 구경하고 베네치안 스타일의 항구를 산책할 수 있어서 좋아했다. 항구 주위는 언제나 관광객들로 북적거렸고 저녁이 되면 더욱 인기를 끌었다.

벌써부터 카페와 타베르나에서 밝힌 주홍색 불빛이 분위기를 더했다. 낡은 고기잡이배와 오래된 베네치안 풍의 건물, 최신식 요트가 서로 기묘한 조화를 이루며 이국적인 풍경을 자아내는 곳. 마이크는 베네치안 항구를 사랑했다. 고기잡이배를 몰고 온 어부들은 바닥에 커다란 물고기를 내려놓고 큰 소리로 가격을 외쳤다. 타베르나와 카페에서 일하는 나이든 웨이터들은 식당 앞에 서서 각국의 언어로 챠오, 알로, 봉수아, 올라, 곤니치와, 니하오, 안녕하세요를 마구 뒤섞어 사용하면서 손님들을 웃겼다. 젊고 잘생긴 웨이터들이 제일 쉬웠는데 드러난 근육질의 팔과 윙크 한 번으로도 그냥 손님이 들어왔다. 어디나 손님이 들끓었고 와인 잔 부딪치는 소리와 수블라키(꼬치) 굽는 냄새가 코를 간질였다. 마이크는 이러한 소란 속에서 마치 낯선 이국땅에 처음 온 여행자인 양 자신의 처지를 잊고는 했다.

"쏘리 쏘리!"

외국인 가이드 여자가 앙증맞은 깃발을 들고 마이크를 지나치며 말했다. 예약된 타베르나로 자신의 팀을 이끌고 있었다. 그제야 마이크는 현실로 돌아왔다. 빨리 손님을 물색해야 했다.

"레이디! 부겐베리아 꽃이 가득 핀 타베르나가 당신을 기다려요."

마이크는 지나가는 젊은 여성을 가로막고 말했다.

"오, 노우!"

여자는 귀찮다는 듯 손사래를 쳤다. 여자는 빠른 걸음으로 바다가 보이는 노천카페로 들어가더니 잘생긴 남자친구와 반갑게 키스를 나누었다. 마이크의 눈길이 절로 커플에게 고정되었다. 남녀가 키스하는 장면은 언제 봐도 멋지다. 남녀만 키스하나. 레팀노에서는 남자와 남자도 키스를 했고 여자와 여자도 키스를 했다. 처음엔 좀 놀랐다. 저래도 되나 싶었지만 그들이 손깍지를 끼고 황혼의 해변을 흔들흔들 걷는 모습이라든지 서로의 머리칼을 넘겨 주면서 귓속말을 주고받고 같이 맥주잔을 부딪치는 장면을 하도 많이 봐서 그런지 이제는 익숙해졌다. 사람과 사람이 사랑하는 모습은 보기 좋다. 미리 잘 봐 두었다가 때가 되면 써먹을 것이었다. 마이크는 커플에게 들킬까 봐 재빨리 눈길을 거두고 다음 손님을 물색했다.

"곤니치와!"

지나가는 일본인들을 향해 인사를 건넸지만 그들은 눈길도 주지 않고 가 버렸다.

"차오 차오!"

마이크는 시끄럽게 떠들며 지나가는 한 무리의 이탈리아 관광객에게 소리를 쳤다. 돌아오는 건 손 키스뿐. 벌써 한잔 걸쳤는지 얼굴이 벌겠다.

"안뇽하세요!"

"어머. 안녕하세요!"

한국인 아가씨들은 밝고 경쾌하다. 안녕하세요, 하면 안녕하세요 하고 답해 준다. 예뻐요 하고 칭찬해 주면 어머 어머 감탄하면서 한국말은 어디서 배웠느냐고 묻는다. 마이크는 너스레를 떨면서 요새 코리아 드라마 안 보는 사람이 어딨느냐고, 최근에 본 넷플릭스 시리즈를 얘기해 주면 아가씨들은 박수를 짝짝 치면서 재밌어 한다. 그들은 하나같이 입구가 허술하게 열린 에코백을 메고 다녔는데 다른 나라 사람들과는 보안 개념이 달라도 너무 달랐다. 대부분의 관광객들은 누가 채가지 못하도록 대각선으로 백을 메고도 안심이 안 되는지 한 손으로 그 가방을 수호하느라 바빴다. 코리안 그들은 시원하게 원피스를 차려입고 슬리퍼를 질질 끌며 에코백을 메고 다녔다. 듣기로는 코리아에서는 카페에 노트북이나 스마트폰을 두고서 화장실도 다녀온다고 그랬다. 그러고도 물건들이 무사한가 물으면 그들은 도리어 그딴 걸 뭐 하러 가져가겠냐며 웃었다. 에코백 안에 대단한 건 들어 있지 않았다. 입술을 보호하는 립밤과 휴대용 선크림, 얼굴에 뿌리는 미스트와 신용카드 한 장 그리고 스마트폰이 다였다.

한국 여행자들은 정보에 강했다. 얘기를 들어 보면 낯선 땅에 발을 딛기도 전에 이미 구글맵으로 현지 생김새를 확인했고 박물관의 휴관일과 무료 입장하는 날—이건 웬만한 현지인도 모르는 정보였다—을 체크해서 스케줄을 잡았으며 어느 해변에 쓰레기가 많고 어느 해변이 깨끗한지도 알고 있었다. 이건 마이크도 진짜 몰랐다. 예쁘고 성격 털털하고 재미있는 한국인 아가씨들에게 반한 마이크는 수다를 끊지 못하고 하하 호호 함께 웃다가 한참 만에 배고프지 않냐, 내가 진짜 맛있는 타베르나를 안다 하고 운을 띄우면 별안간 분위기가 싸해지는데 그들은 동그란 눈을 샐쭉하게 뜨고 마이크를 의심스럽게 쳐다본다.

에이. 아가씨들. 좋아요. 아무리 그래도 먹는 건 다르답니다. 무조건 현지인 추천! 완전 숨겨져 있어서 외국 사람들은 절대 몰라요. 이건 오직 마이크만이 안다니깐요. 마이크가 아무리 침을 튀기며 크레타의 전통 음식과 너희가 절대 모를 그리스식 디저트에 대해 이야기해도 처음에는 그러냐, 그럼 거기서 뭘 파냐, 얼마냐, 진짜로 레팀노에서만 먹을 수 있는 거냐, 다른 지방에는 없는 거 맞냐, 몇 번씩 물어본다. 이어서 아 참 맛있겠다, 이렇게 맞장구를 쳐 놓고서 막판엔 인스타로 검색한 식당으로 가 버리고 만다. 손까지 흔들면서. 진짜 웃긴 게 그래 놓고 또 보잔다. 바이 바이. 씨 유, 마이크. 여태 귀중한 시간을 내서 기분을 맞춰 주고 웃겨 줬건만. 타임킬러들.

마이크는 더 이상 속지 않을 거였으므로 방향을 틀었다. 저쪽 아이가 네 명이나 되는, 얼굴이 허옇게 뜬 스웨덴일지 노르웨이일지 핀란드일지 대충 저 위에 햇빛이 귀하다는 북쪽 유럽의 어딘가에서 왔을 것 같은 가족을 향해 소리쳤다. "하이! 헤이!" 부모는 사방으로 흩어져 뛰어다니는 아이들을 잡으러 다니느라 정신이 없어 보였다. 저런 가족을 데려가야 팁을 좀 후하게 받을 텐데. 마이크는 아쉽지만 다른 손님을 찾아 나섰다.

좁은 베네치안 항구의 골목길은 사람들이 서로 어깨를 부딪쳐 가며 인사를 하고 말을 섞고 '굿 나이트'와 '해피 트립'을 염원해 주는 곳. 부드러운 미소와 감동받은 얼굴과 시끄러운 웃음소리가 터져 나오는 곳. 이국의 골목길에서 어느 누구도 자신의 바캉스를 망치고 싶지 않았으므로 다 같이 웃고 다 같이 친절했다. 마이크는 오늘따라 행복한 사람들 사이에 있는 것이 고됐다.

"마이 레이디!"

마이크는 다 큰 아이 두 명과 이제 막 걷기 시작한 꼬맹이 한

명을 데리고 타베르나를 기웃거리는 중년 여성의 뒤통수에 대고 말을 걸기 시작했다.

"집에서 숙성시켜 만든 파스타, 홈 메이드 시금치 페타 파이, 크레타 정통 요리를 아직 못 먹어 봤다고요? 노노. 오직 유기농으로만 키운 채소 샐러드에 각종 허브로 맛을 낸 닭다리 구이는 어떠세요?"

아이 엄마들은 홈 메이드, 유기농, 크레타 전통 등의 수식어에 약했다. 그들은 타베르나의 입구에 세워 놓은 메뉴판 앞에 서서 한창 연구 중이었다. 막내 아이는 주먹을 제 입에 넣고 빨고 있었다.

"여긴 별거 없어요. 감자튀김에 수블라키뿐인 걸요. 크레타에 오셨으면 올리브로 만든 전통 요리를 드셔야 해요. 마이 레이디."

마이크가 아이들 엄마 옆에 바싹 붙어 속삭이자 여자가 이윽고 메뉴판에서 고개를 쳐들었다. 무서운 얼굴을 하고 있었다.

"무슨 요리?"

"크레타 전통 요리요. 마이 레이디."

여자는 웃지 않았다. 이렇게 안 먹히는 때가 있다. 관광객들이라고 다 행복한 건 아니었다. 대판 싸운 커플이나 무뚝뚝한 사내가 낀 가족은 눈치껏 피하는 게 좋다. 그래도 눈앞의 여자는 여지가 있어 보였다. 명품 백에 유명 브랜드 옷차림. 아이들도 윤기가 났다. 메뉴를 열심히 관찰하는 엄마들은 거리나 가격에 상관없이 결국 맛집을 찾아 마이크를 따라 나서기 마련이었다. 여자는 어린애를 동반한 엄마치고는 나이가 꽤 있었는데 돋보기를 올렸다 내렸다 하면서 메뉴판을 열심히 뒤적거렸다.

"칼라마리 튀김에 맥주 한잔이면 딱 좋겠는데. 어쩜 항구 앞에 메뉴가 수블라키뿐일까?"

여자의 낯선 언어에서 마이크가 아는 단어가 튀어나왔다. 칼라마리.

"마이 레이디, 유 원트 칼라마리? 컴 위드 미. 아이 노 베리 베리 나이스 플레이스. 트러디셔널 크레탄 꾸진!"

여자는 그제야 돋보기를 이마 위로 걸치고 마이크를 올려다봤다. 머리가 희끗하고 눈가에 가늘고 촘촘한 주름이 꽤 있었다. 금발에도 흰머리가 나네. 마이크는 그게 신기했다.

"아, 이 동네 사는 소년인가 보구나?"

여자가 그제야 이해했다는 듯 웃으며 말했다.

"예스 예스!"

마이크가 과장되게 웃었다.

"거기 어딘지 알려줄 수 있니? 현지인들이 주로 가는 덴가? 난 이렇게 관광객들만 득실거리는 데는 질색이거든."

"노 프라블럼. 저만 따라오세요."

"웃겨. 너 뭔데?"

그때 옆에 있던 아이들 중 여자애가 따지듯 나섰다. 마이크의 얼굴이 순식간에 벌게졌다. 여자애는 마이크 또래로 보였는데 키가 마이크보다 컸고 마이크만큼이나 비쩍 말랐다. 발가락부터 어깨까지 벌겋게 탄 살갗은 이들이 크레타 섬에 당도한 지만 이틀이 되지 않았으며 온종일 뜨거운 태양 볕에서 해수욕 했음을 증명하고 있었다. 전형적인 바캉스 온 가족들.

"우리 어머니 참 순진하시다. 얘, 호객꾼이잖아요. 그 식당에 우릴 데려가려고 그러는 거라고요. 내 말 맞지?"

여자애가 전투적으로 몰아붙이자 마이크는 갑자기 긴장이 되었다. 엄마뻘 되는 레이디들이나 누나뻘 되는 아가씨들에게는 너스레를 떨 줄 알지만 또래 여자애들 앞에서는 소심해지고 작아졌다.

"마이 비즈니스."

그래도 호객꾼이라니. 말이 좀 심했다.

"아아, 비즈니스? 그러셔? 하루에 얼마 버는데?"

"노 노. 비즈니스맨은 일당 안 받아요. 실적으로 먹고 사는 거지."

레이디와 여자애가 동시에 웃음을 터뜨렸다.

"굉장하다 너."

엄마 되는 여자는 그렇게 말했고.

"그래서 얼마 버니?"

여자애는 집요하게 캐물었다. 자신의 직업 세계에 대해 이렇게 꼬치꼬치 묻는 고객은 처음인지라 마이크는 난처했다.

"5유로."

"5유로? 우와. 끝내준다. 한 팀당 5유로면 꽤 괜찮은데?"

여자애는 흥분하기 시작했다.

"노 노. 그게 아니라. 10명을 채워야 5유로를 받아요. 마드모아젤."

"그래에? 난 또. 별것 아니면서 무슨 비즈니스래."

여자애는 실망한 눈치였다. 마이크는 조금 자존심이 상했다. 그래서 자신의 비즈니스가 겉으로는 없어 보이지만 운이 트인 날은 팁까지 얹어서 하루 30유로까지 번 적이 있다고 슬쩍 자랑했다. 실은 앞으로의 비전 즉 브래디 핸더슨의 바에 막내 웨이터로 채용되었다가 몇 년 후에는 바텐더가 될 것이며 그러다

동업자로까지 발전할 수 있다고도 마구 떠벌리고 싶었지만 입이 떨어지지 않았다. 또래의 여자애들은 무섭다.

"애, 어쨌거나. 거기 칼라마리 튀김 잘하니?"

그제야 레이디가 나섰고 마이크는 엄지를 치켜들었다.

"판타스틱! 돈 워리. 팔로우 미."

마이크는 따라오라는 포즈를 취했다. 레이디가 일동을 모아 발걸음을 옮기려는 순간 막내 꼬맹이가 낑낑대며 버텼다. 앞에 아이스크림 가게가 보였다. 가운데 남자아이는 지루한 표정으로 여드름을 뜯었고 큰딸애는 계속 구시렁거렸다.

"애, 거기 칼라마리 튀김 잘하니? 그럼 잘한다 그러지 못한다 그러냐. 그런 질문은 뭐 하러 하는데? 쓸데없이. 더워 죽겠구만. 거기가 어딘 줄 알고 걸어가재? 하루 온종일 끌고 다니더니 식당도 멀리 걸어야 돼? 걸을 힘도 없어요. 그냥 가까운 데서 대충 좀 먹으면 안 돼요?"

"어. 안 돼."

레이디는 일축했다. 마이크는 진짜 난처해졌다. 레이디의 가고자 하는 마음은 고마웠으나 상황의 전개가 말이 아니었다. 바닥에 드러누운 코흘리개 꼬맹이가 자기는 아이스크림을 먹겠다고 징징거렸고, 지나가는 관광객들은 눈살을 찌푸렸다. 거기에 그 애를 일으키려고 아이 엄마까지 바닥에 거의 드러누운 모습이었는데 그걸 지켜보다가 지겨워진 남자애는 가까운 햄버거 집의 야외 의자에 엉덩이를 반쯤 걸쳐 앉았으며 여자애는 팔짱을 낀 채 다리를 까딱거리며 구경만 했다. 햄버거 가게 종업원이 남자애한테 뭘 먹겠느냐며 소리를 질렀고 남자애는 제 엄마를 불렀는데 레이디는 꼬맹이와 한창 씨름 중이어서 아무것도 듣지 못했으므로 이번엔 제 누나를 불렀다.

"누나. 나 햄버거 시켜도 돼?"

그 말을 들은 누나는 햄버거 가게 옆에 있는 크레페 가게로 들어가 버렸다. 크레페 가게 주인이 뭐 줄까 물었고 여자애는 누텔라만 잔뜩 바른 초코 크레페와 코카콜라를 시켰다. 주인이 펩시도 괜찮지? 그랬더니 여자애가 쏘아붙였다.

"노! 노 펩시."

이 와중에도 마이크는 레이디에게 희망을 걸어 보았다. 바닥에 누운 꼬맹이를 잘 달래서 일으키고 목마를 태워 주자. 그렇게 레이디가 기운을 추스른 다음 모두 함께 부겐베리아로 가는 거다.

"헤이. 베이비. 유 쏘 프리티. 유 노? 컴 온. 돈 두 디스."

마이크의 낯선 얼굴을 보고 베이비는 울음을 터뜨렸고 서로 다른 가게에서 경계 없이 마구잡이로 내어놓은 의자에 각자 앉아 있던 베이비의 누나와 형이 즐겁게 실실거렸다. 레이디는 그제야 나머지 두 아이가 자신이 허락하지 않은 이상한 곳에, 모여 앉은 것도 아니고 따로 앉아 있는 것을 보았다.

"안 돼! 아니야! 우린 햄버거는 안 먹어. 크레페도 안 돼. 당장 나오지 못하겠니?"

"돼요. 된다구요. 난 벌써 크레페 시켰거든요."

여자애가 말했다.

"누나 주문했어? 진짜? 나도 치즈버거 시킨다?"

남자애가 말했다.

"난 절대 돈 못 내."

엄마가 소리쳤다.

"돈 워리. 맘. 우리 돈 있어요."

두 남매가 각자 앉은 의자에서 동시에 말했다. 마이크가 바닥에 드러누워 울던 아이를 가까스로 떼어 내고 레이디에게 인도했을 때 여자는 너무 지쳐 보였다. 이미 해가 지고 있었다. 많이 늦었다. 오늘 손님은 딱 한 명밖에 못 채웠는데. 괜히 시간만 버렸다. 진작 포기하고 다른 손님을 물색했어야 했다. 에이. 타임킬러들. 싸우든지 말든지. 배가 고프든지 말든지. 마이크는 군중 속으로 몸을 밀어 넣었다.

"헤이!"

등 뒤로 레이디의 목소리가 들렸다.

"여기야, 여기."

레이디가 햄버거 집에 앉아서 손을 흔들었다. 그새 평화협정이라도 맺었는지 네 식구가 나란히 야외 의자에 앉아 있었다. 남자애는 햄버거를 뜯고 있었고 여자애는 크레페를, 꼬맹이는 손에 아이스크림을 들었다. 마이크는 멋쩍은 표정으로 가서 레이디의 옆에 앉았다.

"나는 카티야. 우리 딸은 아델, 아들은 울프, 이 꼬맹이는 얀스베야. 우린 베를린에서 왔어."

레이디가 자기를 소개했다.

"마이크예요. 저는 다마스쿠스에서."

"시리아?"

누텔라 초코 크림을 빨아먹던 아델이 아는 척을 했다.

"그러니까 너 보트를 타고 여기 온 거야?"

아델이 관심을 보이며 속눈썹을 깜빡거리자 마이크의 가슴이 두근거렸다. 저 애가 마이크의 고향 땅을 알고 있다. 뭔가 들킨 것도 같고 알아줘서 기쁜 마음도 들었다. 마이크는 조바심을 내며 아델의 다음 이야기를 기다렸다.

"마이크, 쏘리. 보다시피 애들이 이 모양이어서 네가 일하는 타베르나는 못 가겠어."

레이디가 급하게 끼어들었다.

"안됐네. 비즈니스 보이."

아델이 과장되게 속눈썹을 깜빡거리며 말했다. 햄버거 조준에 실패한 울프가 삐져나온 양상추를 잡으려다 실패하는 바람에 테이블이 마요네즈 범벅이 되었다. 기회를 놓치지 않고 달려든 막내가 한 손으로 양상추를 들고 마구 흔들었다. 마요네즈가 사방으로 튀었다.

"대신 내가 너에게 햄버거를 사 주면 어떻겠니?"

카티야는 자식들에게 싸늘한 눈초리를 보낸 다음 마이크에게 물었다.

"예스 예스. 땡큐."

햄버거 사장은 구워 놓은 고기가 다 팔렸으니 시간이 좀 걸릴 거라고 알려 주었다. 마음은 급한데 주책없이 배가 꾸르륵거렸다. 빨리 먹고 다음 손님을 물색하러 가야 하는데.

"우리가 괜히 널 방해한 것 같아서 미안하구나."

카티야가 자리를 고쳐 앉으며 말했다.

"에이. 괜찮아요. 뭐 어차피 아이들은 안 쳐 주거든요."

"안 쳐 주다니? 애들은 사람도 아냐?"

아델이 끼어들었다.

"그러니까요. 아이들도 엄연히 다 세야 한다고요. 그죠?"

"이건 노동 착취다, 얘. 지나가는 사람들을 끌어들이려고 거리에서 몇 시간 일하는 거니?"

마이크는 '착취'라는 단어가 무슨 뜻인지 몰랐으므로 맹한 표정을 지었다.

"착취요?"

"노동 착취라고. 열심히 일한 만큼 돈을 못 받으면 네 시간과 에너지를 허공에 내다 버린 셈이잖니. 그건 부당한 거야."

"흥! 착취 안 당하고 일하는 사람도 있대요? 마이크, 신경 쓰지 마. 우리 어머닌 고상한 이상주의자야. 그건 그렇고. 하루에 성공하는 건 수는 어떻게 되냐? 쏘리. 자꾸 꼬치꼬치 묻는 건 관심 있어서 그래. 너한테는 아니고 네 비즈니스. 혹시 파트너 그런 거 안 필요하니? 나도 같이 하게. 어때?"

아델이 침도 안 튀기고 후루룩 말하는 바람에 마이크는 정신이 하나도 없었다. 저 금발 애가 지금 뭐라는 거지. 내 파트너가 되고 싶다고. 세상에. 정말 진심?

"우리 누난 내일모레 가출할 거래. 여기서 혼자 살 거래."

울프가 말했다.

"오, 그래?"

카티야가 놀라지도 않고 물었다.

"왜요?"

이번에는 마이크가 아델을 보고 물었다.

"어머니가 싫어서."

아델은 동생의 감자칩을 하나씩 집어먹으면서 말했다.

"이봐 딸, 당장 가출하지 왜 내일모레야 하필?"

"빌붙을 수 있을 때까진 붙어 있어야죠. 내일모레 당신들 다 떠나고 난 다음 그때부터 혼자 살아도 늦지 않아요."

"그럼 네 비행기 티켓 지금 취소해도 돼?"

카티야가 스마트폰을 꺼내며 말했다. 그는 진짜로 항공사에 접속해서 예약 정보를 불러들였다.

"허!"

아델의 얼굴이 빨개졌다. 울프가 웃다가 감자칩이 목에 걸려 캑캑거렸다. 얀스베가 다 녹은 아이스크림을 얼굴에 뭉개고 울기 시작했다. 카티야는 자식들이 그러거나 말거나 상관하지 않고 스마트폰에 집중했다. 아델이 더 이상 참지 못하고 엄마의 스마트폰을 낚아챘더니 그제야 카티야가 손가락으로 브이 자를 그리고 마이크를 향해 씨익 웃었다. 참 별난 가족이었다. 싸웠다가 웃고, 울다가 같이 앉아 있고, 좀 이따가 다시 말다툼을 벌였다. 조금 미친 것 같다.

"그건 그렇고. 마이크, 너 몇 살이니?"

카티야가 고개를 빼고 마이크를 보았다. 마이크는 멈칫했다. 나이를 묻는 어른은 무섭다. 뭔가 결정적인 일을 벌이기 전에 묻는 게 있다면 나이가 아니던가.

"열다섯이요."

"어리구나. 여기 온 지는 얼마나 됐니?"

"3년 되어 가요."

"그래. 살 만해? 어디서 사니?"

"비슷한 형들 있어요. 공동주택에서 같이 세 들어 살아요."

"다행이네. 거주권은 있고?"

거주권? 그건 왜 묻죠. 마이 레이디? 마이크는 조금 불안해졌다. 질문이 많은 사람들은 의도가 있다. 마이크는 코를 찡긋거리며 주위를 살폈다.

"그런 게 있을 리 없잖아요. 그냥 살아요."

마이크는 바지 주머니에 손을 찌르고 어깨를 움츠렸다.

"받을 수 있는 방법이 있을 텐데."

"후견인도 있고 돈도 있어야 해요."

"꼭 그런 건 아닐걸. 내가 알아봐 줄까?"

많이 들어 본 말이었다. 내가 알아봐 줄게. 더 좋은 곳으로 갈 수 있을 거야. 사람들도 널 보호해 줄 거고. 예전에 광장에서 만났던 여자가 그랬다. 여자는 예쁘고 상냥했고 금발이었다. 부겐베리아에 데려갈 작정이었는데 오히려 마이크가 낚였다. 어린이 무슨 기관에서 활동한다던 여자는 이마에 깊은 주름을 만들어 가며 마이크를 걱정하고 눈물을 글썽였다. 그다음 마이크를 경찰에 넘겼다. 경찰은 마이크를 이민국으로 넘겼고 이민국은 마이크를 난민캠프로 보냈다. 약속대로 옷도 주고 밥도 줬다. 언젠가는 난민증도 나온댔다. 언젠가는 더 좋은 장소로 보내지고 학교도 다닐 수 있다고 그랬다. 그래? 언제? 마이크는 이러려고 고향 땅을 떠난 것이 아니었다. 캠프는 나약한 사람들이나 제 몸을 스스로 돌보지 못하는 노인들, 코흘리개 애들이나 있는 곳이다. 마이크에게는 보호받는 것보다 더 크고 중차대한 일이 있었으니, 성공하는 것이었다. 캠프에서는 미래가 너무 멀었다. 설상가상, 소문이 돌기 시작했다. 본국 호송. 돌려보낸다고? 캠프가 철거된대. 섬사람들이 난민에 반대한대. 베이커리 운영하는 야니스 씨 말이야. 빵 들고 오후마다 오셨잖아. 며칠째 오지 않는 거 몰라? 동네 청년들한테 구타당했대. 남의 나라에서 쳐들어온 강도들한테 줄 빵 있으면 실업 청년이나 신경 쓰라고. 그리스 정부는 실업수당도 못 주는 주제에 남의 일이나 참견하고 있다면서. 난민들 때문에 자기들이 이 모양 이 꼴이라고.

마이크는 무서워서 잠도 안 왔다. 다시 돌아가느니 여기서 깡패들한테 얻어터지는 게 나았다. 생각할수록 너무 분했다. 캠프에 오기 전 삶이 차라리 가능성 있었다. 합법이고 불법이고 불안하긴 마찬가지다. 더 큰 세상이 마이크를 기다리고 있었는데. 그리스 다음은 독일이었는데. 그 계획이 한창 진행 중에 있었는데. 마음먹은 인생이 바로 눈앞에 펼쳐지려는 순간이었는데. 그걸 막은 건 갈데없는 어린애들을 마구 착취하는 선착장 건달이나 뒷골목의 깡패가 아니었다. 속눈썹을 깜빡거리며 눈물짓는 상냥한 여자 덕분에 모든 게 틀어지고 말았다. 그들은 천진한 얼굴과 고매한 이상으로 세상을 구원할 수 있다고 믿는 걸까, 진짜? 불쌍하다고 흘리는 눈물이 뭔가를 바꾼다고 생각해? 무엇보다 마이크는 불쌍한 아이가 아니었다. 그럼 그렇고말고. 마이크의 여정은 멈추지 않을 거였다. 마이크는 캠프 안에서 눈매가 사나운 남자애들만 따로 모았다. 여기서 나가자. 같이 갈 거면 붙어. 그렇게 여정은 목표를 향해 계속 나아갔다. 남의 나라에서 정식으로 인정받아 산다는 건 마이크가 보기엔 판타지였다. 중요한 건 살아남는 것. 버티는 것. 그렇게 조금씩 앞으로 나아가는 것. 그런데 뭘 알아봐 준다고? 저런 말은 믿지 않은 지 오래됐다. 마이크는 이제 카티야가 다르게 보이기 시작했다.

"제 인권에 관심 있으세요?"

"그래, 마이크. 내가 보기에 넌 무척 똑똑한 아이 같아. 호객 행위로 언제까지 버티겠니. 너도 제대로 살아 봐야지."

카티야가 마이크의 손을 잡으며 말했다. 손이 뜨끈했다. 마이크는 슬그머니 손을 뺐다.

"어머니, 얘는 비즈니스를 한다고요! 그치, 마이크?"

아델이 마이크를 보고 윙크를 건넸다. 딴에는 마이크를 위한 답시고 하는 짓이었지만 달갑지 않았다. 차라리 저 애는 껄렁하게 굴 때가 매력 있다. 제대로 산다. 그 말이 걸렸다. 카티야의 말을 종합해 보건대 마이크는 여태 제대로 살고 있지 않았다. 제대로 산다는 건 교복을 갖추어 입고 얌전하게 학교를 다니다가 여름이면 비행기를 타고 휴양지에 가서 몸을 태우고 주말 저녁에는 어슬렁거리면서 영화관에 가고 밤이면 친구들과 모여서 클럽에 가고 춤을 추고 맛있는 걸 먹고 데이트를 하고 뭐 그런 거겠지. 제대로 산다는 건, 낯선 가족들 틈에 끼어 그들이 사 주는 햄버거나 얻어먹고 남의 뒤꽁무니를 쫓아다니며 굽실거리는 건 아닌 것이다. 마이크는 문득 자신의 셔츠에서 나는 시큼하고 역한 냄새를 맡고 몸을 움츠렸다. 모기가 있나. 마이크는 목덜미를 탁 쳤다. 뭐라도 때리고 싶었다.

"마이크. 대충 안주하면 발전이 없어. 크게 봐야지. 아직은 어리니까 손님들이 너를 귀엽게 봐주지만 좀 더 커 봐. 아주 냉혹해져. 네 힘을 키워야지. 그러려면 합법적으로 정착하는 방법을 가장 먼저 찾아봐야 하는 거야. 학교도 다니고. 넌 더 잘될 수 있어."

카티야는 자기 연설에 스스로 도취된 듯 보였다. 그럴수록 마이크는 조금씩 여자에게서 떨어져 앉았다. 그걸 몰라서 안 하는 게 아니에요, 레이디. 바뀌지 않는 게 있고요, 안 되는 게 있어요. 저 독일 레이디는 모르는 게 많은 것 같은데 정작 본인은 그걸 모르는 것 같다. 어려움 없이 자란 소녀들은 커서 조신한 레이디가 되어 앞치마를 두르고 구호단체에서 홈리스에게 밥을 떠 주고 땟국물 질질 흐르는 고아들을 목욕시키고 추위에 떠는 애들에게 털모자를 떠서 씌워 준다. 같이 잠도 자고 밥도 먹고.

아니. 그건 안 한다. 잠은 따로 자고 밥도 따로 먹는다. 사진은 같이 찍는다. 어, 그래. 같이 자는 애들도 있다. 어떤 엘리트 패밀리들은 자기가 낳지도 않은 아프리카 아이들을 입양해서 좋은 옷을 사 입히고 고등 교육까지 시킨다. 방송에 나간다. 그걸 보고 감화된 다른 사람들은 이번에는 동남아시아 아이들을 입양하고. 그걸 다큐멘터리로 만들면 또 걸작. 홈, 스위트 홈. 모두가 평등하게 사랑받기 위해 태어났으며 이것이 진정한 인류애이자 가족애. 훈훈한 지구촌이다. 박수 짝짝짝. 유감은 없다. 다만 좀 씁쓸하군. 오늘은 순진한 눈망울과 상냥한 미소와 맑은 눈물을 사양하겠다.

마이크는 달콤한 이야기에 귀를 대 주고 마음을 내어 줄 만큼 풋내기가 아니었다. 이건 너의 인권에 관한 얘기가 아니었다. 내 인생에 관한 것이지. 마이크의 착했던 분홍색 심장이 새빨갛게 흥분해서 날뛰기 시작했다. 마이크의 콧구멍이 벌렁거리고 얌전히 앉았던 엉덩이가 들썩이고 테이블 위에 있던 손가락이 자꾸 까딱거리고 입술이 묘하게 일그러지고 있었다. 맞은편에 앉은 아델이 보기에 그 모습은 혼자만 보기에 아까울 정도다.

그래. 마이크. 잘하고 있어. 화를 내.

아델의 밤색 눈이 진한 주홍빛으로 반짝이며 마이크의 흥분내지 분노를 부추기기 시작했다.

마이크. 넌 더욱 화를 내야 해.

아델은 마이크가 씩씩대며 "레이디, 휴가 왔으면 애들이랑 수영이나 하다 가시지. 남의 인생에 간섭 말고!" 그렇게 외치는 모습을 보고 싶었다. 아델은 마이크의 폭발을 고대하며 유리병에 담긴 빨대를 잘근잘근 씹으며 콜라를 찍찍 위로 올렸다가 내렸다가 했다. 빨대가 초토화되자 아델은 새 빨대를 까서 다시 유리병에 꽂고 그 짓을 되풀이했다. 마이크는 아까부터 자신을 빤히 쳐다보는 아델의 눈길을 알아채고 얼굴이 달아올랐다. 저 애는 예쁘다. 과격하다. 폭발하고 싶어 한다. 저 애는 자기 어머니에게 불만이 많다. 누군들? 저 애는 그걸 숨기지 않는다. 불행을 과시하고 싶어 한다. 어쩌라고. 불행의 용도가 그런 거라면 역겹군. 손목 타투는 또 뭔데. 마이크는 아까부터 눈에 띄는 타투를 유심히 보았다. 아델의 왼쪽 손목을 꽃나무 문양의 타투가 집중적으로 감싸고 있었는데 그 안에 서툴게 그어진 울룩불룩한 자국들이 보였다. 일부러 낸 상처인가. 마이크는 너무 놀라서 눈을 돌렸다. 방향이 틀렸다. 아델의 밤색 눈이 마이크와 허공에서 부딪쳤다.

봤어? 그래. 네가 생각한 그거 맞아.

아델은 피하지 않고 마이크를 노려보았다. 노노. 마이크는 못 본 척해야 했다. 아델은 보란 듯이 마이크 앞에 손바닥을 활짝 펴고 흔들었다. 마이크는 고개를 옆으로 획 돌렸다. 아델이 피식 웃는 소리가 들렸다.

공주처럼 사는 주제에 별짓을 다 한다. 다 갖고 태어나 응석받이로 자란 아이. 베를린에서 온 아이가. 마이크가 설령 운이 좋아서 베를린까지 갔다 쳐도 저 애와 지금처럼 마주 앉아 햄버거를 먹을 일은 없을 것이다. 나중에 저 애가 몰고 다닐 벤츠에 기름을 넣어 줄 때나 접촉할까 말까. 저 애는 딴 세상에서 왔어. 마이크. 믿지 마. 저건 쇼다. 어머니에게 벌이는 쇼. 세상에 벌이는 쇼. 불행의 과시. 저게 진짜라면. 마이크는 어금니로 볼을 마구 씹으며 생각했다. 아무에게도 보여 주지 않아. 마이크는 두 손으로 세수하듯 제 얼굴을 쓸었다. 몸이 갑자기 추웠다. 배가 쿡쿡 쑤셨다. 머리에서 공기가 윙윙거렸다. 옆에 앉은 레이디는 여전히 연설 중이었는데 그 속에서 마이크는 건전한 유럽연합의 시민이 되어 있었고 평등한 세계가 막 펼쳐지고 있었다.

순간 이상한 일이 벌어졌다. 아델의 목소리가 마이크 속으로 들어오는 게 아닌가.

"마이크. 저건 개소리야. 듣지 마. 우리 어머니는 아무것도 몰

라. 이해하지 않아.”

마이크는 옆구리를 움켜잡았다. 저 애는 심령술을 쓰는 걸까.
배가 너무 아팠다. 눈물이 날 것 같았다. 그 애의 고통 때문에.
뭐라고? 갑자기 정신이 번쩍 들었다. 누구의 고통? 그때 격발이
일어났다.

“그만 좀 하시죠, 어머니. 그거 다 헛소리예요. 햄버거 하나
사 주고 무슨 일장 연설? 아니. 햄버거는 나오지도 않았네. 아
저씨! 여기 무슨 햄버거가 아직도 안 나와요, 무슨 슬로우 푸드
야? 크레타에선 햄버거에 넣을 고기도 즉석에서 잡아다가 처형
한 다음 숯불에 굽고 뭐 그래요? 아 씨, 이렇게 오래 걸릴 거면
감자칩이랑 코카콜라를 먼저 갖다 놓거나. 아니다. 젠장. 펩시
만 있다 그랬지.”

프린세스는 자기 앞에 높인 콜라를 바닥으로 쏟아 버렸다.

“야. 비즈니스 보이. 넌 왜 착한 척하고 있어? 그냥 얌전히 듣
고만 있으니까 계속 하잖아. 개소리라고 말해 줘야지. 그게 고
마운 거야. 얘기를 안 해 주면 사람들은 몰라. 진짜 모른다고.”

프린세스는 콜라 캔을 찌그러뜨리고 제 어머니 앞에 탁 하고
내려놓았다.

“얼마 전에 우리 집에 살던 아저씨가 집을 나가셨거든? 뭐라

그랬냐면, 아무래도 남자를 좋아하는 것 같대요. 그걸 나이 오십 넘어 깨달았으니 쪼다지. 좋아. 이제라도 알았으니 됐고요, 좋은 남자 만나서 행복하세요. 문제는 그 흐리멍텅한 표현이야. 좋아하면 좋아하는 거지, 좋아하는 거 같은 건 또 뭐니. 그런 말은 여지를 남겨. 미련을 갖게 한다고. 상대를 바보 만드는 거야. 그래서 우리, 단체로 바보 됐잖아. 우리 여기 바캉스 온 거 아니야. 그 아저씨 찾으러 온 거지. 자기 남편이 다른 남자랑 키스하는 꼴을 꼭 봐야겠다면 혼자 보시라고요. 우리는 왜 끌어들여. 쟤들 보면 마음을 돌릴 것 같아? 자식은 자식. 파트너는 파트너. 그걸 왜 몰라. 아닌 건 아닌 겁니다. 세상에 안 되는 일이 있는 거라고요. 우리 어머니는 죽을 때까지 인정 못 할 거야. 전부 불행하게 만들고 끝장낼 거라고. 그러면서 마이크한테는 무슨 조언이 그 따위로 길어요? 제발 자기 인생이나 잘 살자. 씨발."

프린세스는 자리를 박차고 일어섰는데 간이의자가 너무 얇은 나무로 만들어져서 그랬나 힘이 너무 세서 그랬나 의자가 뒤로 발라당 넘어갔다. 카티야의 목에서 굵게 도드라진 푸른색 핏줄들이 서로 엉키다가 멈추었다. 마이크는 너무 긴장해서 허벅지 안쪽이 막 후들거렸다. 프린세스는 선 채로 어머니의 도전을 기다리고 있었다. 카티야는 포크로 테이블을 타다다타닥 두드렸다. 프린세스가 크레페 조각을 바닥에 내던졌다. 카티야는 목에 스카프를 새로 맸다. 팽팽하다. 마이크는 조마조마했다. 모녀 간의 다툼을 처음 목격하였으나 마이크는 이 싸움이 언제나 아델의 패배로 끝난다는 것을 알 수 있었다. 그 애는 알면서도 번번이 도발했고 매번 졌고 아, 그래서 자주 가출을 했겠구나. 마이크가 도망가는 아델의 팔을 잡고 말리려는데 그 애가 쏘아붙였다.

"야. 착하게 굴지 마. 참고 기다리면 보상이 오니? 누가 너한테 감사하다고 할 것 같아? 세상은 너한테 관심도 없어."

그 애는 두 손을 주머니에 찔러 넣고 술렁이는 관광객들 무리 속으로 걸어 들어갔다. 역시 공주님답다. 마이크는 과감한 연기에 박수를 쳐 주고 싶었지만 여기가 무슨 극장도 아니고. 울프는 마지막 감자칩을 케첩에 찍는 중이었고, 막내는 물티슈로 제 머리칼을 닦고 있었다.

"저, 마이 레이디. 저기. 따님이 저쪽으로 갔는데요? 제가 가서."

마이크는 말을 하다 말고 멈추었다. 이런 걸 저 애는 착한 척이라고 하는 거지. 그런 걸 하지 말라는 거지. 마이크는 자기가 봐도 쇼가 어설퍼서 한심했다.

"노 노, 제발 앉아."

카티야가 마이크를 끌어당겨 자리에 앉힌 다음 소리쳤다.

"사장님, 여기 햄버거 언제 나오는 거죠?"

사장은 한 손을 들어 그저 기다리라는 태평한 표정을 지었다.

"쏘리, 마이크. 우리가 네 시간을 너무 많이 뺏었구나. 있잖니, 저 애는 혼자 돌아다니다가 호텔로 알아서 들어올 거야. 어제도 그랬어. 성질이 제 아빠를 닮아서 불같아. 어떻게 다뤄야 할지 정말 모르겠어. 동생들은 다르단다. 지금 남편하고 낳은 애들이거든. 착해. 우린 맨날 이렇게 싸우지만 애, 별거 아니야. 그게 가족이지 뭐. 얘들 아빠는 내일 만날 거고. 다 잘될 거야. 다 같이 집으로 가게 될 거야."

카티야가 막내를 무릎 위에 올려놓고 말했다. 그 애는 엄마 품을 벗어나려고 발버둥을 치다가 안 되니까 제 엄마의 머리채를 쥐고 흔들었다. 이제는 진짜 가야 할 때였다. 마이크는 아무 것도 안 먹었는데 속에 뭐가 잔뜩 얹힌 것 같았다.

"저, 햄버거는 먹은 걸로 할게요. 그럼."

마이크는 잽싸게 자리를 빠져나왔다.

"마이크! 잠깐!"

머리채를 잡힌 카티야는 말을 끝내지 못했다. 마이크는 인파 속으로 빠르게 몸을 숨겼다. 달아나자. 저들의 우울함. 저들의 냄새. 저들의 불행에서. 마이크는 앞사람을 마구 밀치며 가다가 욕을 먹었다. 마이크도 같이 욕을 퍼부었다. 화가 났다. 차라리 행복한 가족들 틈에서 부러워하는 처지가 나았다. 언젠가는 저렇게 되어야지 그런 희망을 품게 하는 가족들이 좋았다. 대체 뭐가 문젠데. 너희들은 행복해야 할 의무가 있는 것 아니겠어. 가족을 갖고 집을 갖고 돈을 갖고 나라를 갖고도 그게 안 된다면 대체 그건 누구의 몫인가. 아델의 밤색 눈과 팔의 타투. 그래 그건 그저 타투였을 것이다. 다 같이 집으로 가게 될 거야. 그래 다 같이. 마이크는 갈비뼈 밑이 다시 아팠다. 그들은 다 같이 집으로 가게 될 것 같지 않았다. 말을 똑바로 하자면 그들은 다 같이 집으로 가지 못한다. 그걸 딸도 알고 마이크도 아는데 본인만 모르고 있었다. 아니 말을 바로 하자면 카티야는 알면서도 모르는 척하고 있었다. 그러면 다가올 무언가가 더디게 오거나 오다가 걸려 넘어져서 멈추거나 운이 좋으면 영영 안 올지도 모르니까? 마이크라면 차라리 폭발을 택하겠다. 그냥 뻥 터져서 한꺼번에 끝나 버리는 것. 카티야의 기다리는 삶을 상상하자 이번에는 등뼈가 저렸다.

이상한 날이었다. 손님은 한 명도 더 걸리지 않았고 괜히 술취한 사내한테 멱살을 잡혔다가 쓰레기통으로 패대기쳐지는 바람에 청바지에 수블라키 소스만 잔뜩 묻었다. 어찌나 땀이 많이나는지 홀딱 젖은 셔츠가 등에 착 달라붙어 떨어지지 않았다. 낯선 냄새가 났다. 이전에 몰랐던 냄새였다. 냄새는 마이크의입속에 손가락에 어깨뼈에 머리카락 끝에 붙어서 떨어지지 않고계속 났다.

차 한 잔

밤의 부겐베리아는 조용했다. 소득도 없이 돌아온 마이크는 도둑고양이보다 못했으므로 밖에서 기웃거리며 눈치를 봤다. 벌써 폐장 시간이었다. 지배인은 보이지 않았고 미할리스와 웨이터 몇 명만 남아 뒷정리를 하고 있었다.

"에헤이, 마이크. 너 오늘 완전 공친 거냐?"

입구에서 어슬렁거리는 마이크를 보자 미할리스가 소리쳤다.

"저, 미할리스. 내 손님한테 팁은 좀 받았어요?"

마이크가 미적거리며 들어섰다. 미할리스는 어깨를 으쓱거리며 불쾌한 표정을 드러냈다.

"야, 내 참. 그런 짠순이는 처음 봤다. 양고기를 무려 2인분이나 시키고도 샐러드는 주문도 안 하더라. 고기만 처넣으면 목구멍으로 넘어가냐? 어떻게 그럴 수 있지? 맥주도 안 마셔. 와인도 안 마셔. 그럼 뭐 스파클링 워터나 시키든가. 그 여잔 공짜로 주는 물만 홀짝이더니 양고기를 뼈까지 싸악 다 발라내고는 빵 한 덩이를 더 달래. 손님. 그건 원래 추가로 돈을 더 내야 하는 건데 제가 특별히 주는 겁니다. 그랬더니, 기분 좋게 깔깔거리더라? 지랄. 그냥 나도 웃어 줬지. 팁을 기대하면서 말이다. 그 여자, 나중에 카운터에 서서 10센트까지 탈탈 털어 딱 맞춰 계산하고 나갔어. 세상에! 마이크, 너는 아직도 팁에 후한 손님들이 어떤 사람들인지 감을 못 잡겠냐? 응? 이 빌어먹을 미련한 녀석아!"

미할리스가 마이크의 머리를 쥐어박았다. 마이크는 미할리스가 쥐고 있던 빗자루를 뺏어 들고 바닥을 쓸었다. 미할리스는 빗자루를 내주고는 테이블을 치우기 시작했다.

"마라톤이라도 하고 왔냐? 아주 비에 젖은 생쥐 꼴이구먼."

미할리스가 마이크를 힐끔거리며 말했다.

"사는 게 아주 끔찍하다고요."

"꼬맹이가 웃기시네! 사는 게 안 끔찍한 사람 있냐? 이 미할리스 인생은 뭐 에게해처럼 잔잔히 흘러가는 줄 알아?"

"그렇잖아요."

"얌마. 요샌 뱃살 땜에 전쟁이다 전쟁."

마이크는 단단한 근육질의 사나이 미할리스의 배를 보았다. 서른 중반에 들어선 미할리스도 나잇값을 하는지 판판하고 날씬했던 배에 울룩불룩 기름기가 돌았다. 그래도 가슴의 젖꼭지까지 훤히 드러나는 쫄티는 여태 포기하지 않았다. 마이크는 미할리스가 살찐 모습을 상상해 보았지만, 딱히 끔찍해 보이지는 않았다. 미할리스라면 어떤 모습이어도 나쁘지 않을 것이다. 그런 게 전쟁이라면 마이크도 전쟁을 치르고 싶을 지경이다.

"어이, 꼬맹이. 네 눈엔 여기로 여행 온 사람들은 죄다 행복해 죽겠다 싶지? 오늘 저녁엔 무슨 일이 터졌는지 아냐? 말도 마라. 아주 말쑥하게 차려입은 남녀 한 쌍이 들어와서는 최고급 와인에 랍스터를 주문하고는 별안간, 진짜 별안간에 말이다. 욕설을 퍼붓고 대판 싸우더니 음식에는 손도 대지 않고 나가 버렸다. 그 인간들은 뭐 다른 줄 알아? 다 똑같이 지리하다고."

"허, 자세히 좀 얘기해 봐요."

마이크가 빗질을 멈추고 채근했다.

"헐리우드 영화배우처럼 잘생긴 남자였어. 누구냐. 조지 클루니. 딱 닮았어. 머리가 막 희끗거리기 시작한 남자였는데 랄프 로렌 셔츠 칼라를 빳빳하게 세우고 시원한 백포도주를 홀짝이

고 있었지. 여자는 꽤나 도도한 표정으로 포도주 잔만 만지작
거렸어. 나는 어딨었냐, 마리아 아줌마가 방금 구운 랍스터, 그
뜨끈뜨끈한 녀석을 서빙하러 마침 테이블에 당도한 참이었다.
무슈, 보나 뻬띠! 내가 접시를 내려놓자마자, 남자가 갑자기 벌
떡 일어서더니 욕을 하는 거야. 세상에 그 무시무시한 욕을 침
을 퉤퉤 튀겨 가면서.”

“그걸 다 알아들었어요? 어느 나라 사람인데?”

“낸들 아냐? 욕을 꼭 알아들어야 아냐. 딱 들으면 알잖어?”

“그쵸 그쵸. 그래서요?”

“그냥 순식간에 랍스터를 냅다 들고는 부인한테 휙 던진 거
야. 핫하!”

이 대목에서 미할리스는 박수까지 쳤다.

“끝내주지 않냐. 정말 볼 만했어. 그게 어디로 갔냐. 부인 드
레스가 가슴 요기 아래까지 파였었단 말야. 빨간색 원피스를 입
은 그 새하얀 가슴골에 새빨간 랍스터가 탁 내던져졌지. 여자
도 지지 않았어. 암. 싸움은 제대로 해야지. 다시 랍스터를 들고
남자 쪽으로 날렸는데 좀 빗나간 거야. 그게 갑자기 내 쪽을 향
해 날아오는 게 아니겠어? 내가 반사적으로 럭비공을 잡아드는
선수처럼 말야. 뜨거운 랍스터를 가슴팍에 탁 끌어안았단 말이

다. 야, 이 미할리스 인생에 그 어떤 여자도 그만큼 강렬하게 끌어안은 적이 없었거늘! 참나."

"허. 그래서 어떻게 됐어요?"

"야, 마이크. 그 인간들이라고 인생이 말랑말랑하겠냐? 꾸역꾸역 참다가 하필이면 분위기 좀 내봄세 하고 섬으로 여행을 왔는데 사건이 팍 터졌단 말이야. 난 그런 꼴을 볼 때마다 오오 카타르시스가 막 느껴진단다. 햐아. 인생 별것 아니구만? 기어 올라가 봐야 결국 저 지랄들이군. 내 인생이 더 낫다 싶지. 그러니까 난 여기서 주욱⋯⋯."

"아니, 미할리스. 그게 아니라. 그 랍스터⋯⋯. 그거 어떻게 됐어요?"

미할리스가 눈을 지그시 내리깔더니 행주를 손에 쥔 채로 마이크에게 다가와 속삭였다.

"속살이 끝내주게 부드럽더라. 마리아 아줌마 솜씨, 아직 죽지 않았더라고. 지배인한텐 말 마라. 우리끼리 깨끗이 털어서 나눠 먹었으니까. 흐흐!"

미할리스는 손가락 두 개를 입에 대고 쪽쪽거렸다. 마이크의 배가 꾸르륵거렸다.

"남의 불행을 구경하는 게 좋아요, 미할리스?"

"그러엄. 특히 젠체하는 손님들. 그치들이 불행한 게 특히 맘에 든다."

"그런다고 미할리스가 더 높아지고 행복해지는 것도 아닌 데도요?"

"고럼! 그냥 위안이 된다. 다들 좋다고 시시덕거려 봐. 내가 너무 꿀리잖어? 설설 기다가도 요런 케이스들이 몇 번씩 나와 주면 재미가 좋아. 핫하하. 꼬맹아. 오늘 따라 왜 철학적이셔? 너도 이 짓 해 봐라. 별의별 인간들이 다 있어. 그 인간들 다 쓸어서 바다에 처넣고 싶을 때가 한두 번이 아니다. 그래도 결국은 있잖냐. 다들 똑같아."

"똑같다뇨?"

"똑같이 불쌍하지."

미할리스가 어깨를 추어올리자 짧은 쫄티 사이로 겨드랑이털이 삐져나왔다. 겨드랑이가 푹 젖은 쫄티는 낡았고 덩달아 미할리스도 늙어 보였다. 여름이면 하루에 셔츠를 세 번씩 갈아입는데도 미할리스는 늘 젖어 있었다.

"다행이에요. 단체로 불쌍해서. 저, 미할리스. 좀 남은 거 없어요? 아무거라도요."

"넌 하루 종일 밖으로 싸다니면서 땡전 한 푼을 못 얻어 오냐? 손님을 못 끌면 동냥이라도 해야 할 거 아냐. 지성인인 척하는 유럽인들한테는 괜한 죄책감 같은 게 있어서 너 같은 애들을 보면 동전을 주지 못해 안달이라고. 이 멍청한 녀석!"

"치! 얻어맞지나 않으면 다행이지."

"으이구! 녀석아. 뭐든 거저 얻냐? 불쌍한 척을 하든가 매력적으로 굴어야지. 부엌에 가 보셔. 마리아 아줌마가 퇴근하면서 뭘 놓고 갔으니까. 하여간 못 말려. 아까 그렇게 지배인하고 대판 해 놓고도 자기가 무슨 보육원 원장이람? 그러다 결국 잘리고 말지."

마이크는 미할리스 혼자서 구시렁거리게 두고 부리나케 부엌으로 뛰어 들어갔다. 나무로 만들어진, 오래된 선반 위에 비닐봉지가 하나 놓여 있었다.

"갈게요. 미할리스. 내일 오후에 봐요."

마이크는 비닐봉지를 품에 껴안고 식당을 나왔다. 미할리스가 경쾌하게 휘파람을 불고 있었다. 불행이 어쩌고 그래도 마이크가 보기에 미할리스는 언제나 즐거워 보였다.

"어이! 마이크. 잊지 마. 내일은 눈에 띄지 마라. 핸더슨 씨, 알지? 고스트."

미할리스가 한쪽 눈을 찡긋했다. 그랬지. 벌써 내일이다. 파노스 사장이 공식적으로 타베르나를 잃고 브래디 핸더슨이 새로운 주인이 되는 날. 그 역사적인 날에 마이크는 '유령'이다. 어쩌면 지금이 부겐베리아의 마지막 퇴근길이 될지도 몰랐다. 마이크는 나가는 길에 부겐베리아 꽃을 하나 땄다. 주홍색 램프에 비친 부겐베리아 꽃이 핏빛으로 보였다.

마이크는 광장으로 향했다. 낮의 소란은 간데없고 드문드문 스치는 취객들의 술주정과 거리의 악사들이 켜는 부주키* 소리만이 들려왔다. 카페의 화려한 불빛 대신 가로등이 어두운 광장을 밝혔다. 낮에 카페 손님들이 앉았던 의자는 모두 뒤집힌 채 테이블 위로 올라가 있었다. 리몬디 분수의 사자 삼 형제는 여전히 물을 뿜어 댔지만 화려했던 낮의 모습과는 반대로 어쩐지 초라해 보였다. 마이크는 어둠에 잠긴 이곳이 좋았다. 마이크는 카페에 놓인 의자 하나를 골랐다. 밤에 이렇게 앉아서 빵을 뜯고 있으면 카페 손님이 되어 식사하는 상상을 할 수 있었다. 마이크는 의자 등받이에 허리를 기대고 비닐봉지를 풀었다.

"아까 그 꼬마구나."

마이크는 목소리에 깜짝 놀라 고개를 들었다. 어둠 속에서 푸

* 그리스 전통 현악기.

석한 빨강 머리가 어렴풋이 보였다.

"엠마?"

여자는 어깨를 한 번 으쓱했다.

"어쩐 일이세요? 산책 중이신가 봐요."

마이크는 비닐봉지를 도로 닫아 놓았다. 레이디 앞에서 게걸스럽게 먹는 모습을 보일 수는 없었다. 배가 고프다고 위가 난리를 쳤다. 마이크는 엠마가 지나가기를 기다렸다. 엠마는 마이크 앞에 구부정히 선 채 움직이지 않았고, 그 탓에 가로등이 막혀서 사방이 어두웠다.

"저, 여기 잠깐 앉으실래요?"

마이크는 일어서서 의자 하나를 바로 세워 놓고 손바닥으로 쓱쓱 문질렀다. 엠마가 그 위에 몸을 내려놓자 나무 의자가 찌걱거렸다.

"아까 점심은 어땠어요?"

마이크가 비닐봉지를 만지작거리며 물었다.

"고기는 질기고 감자는 물렁하고 죄다 짜고 뭐 그랬지."

불쌍한 여자가 여기 한 명 더 있었네. 뭘 먹어도 맛있지 않고 뭘 해도 행복하지 않은 사람. 마이크는 지겨워져서 그만 비닐봉지를 풀었다. 안에는 빵과 샐러드 그리고 놀랍게도 랍스터 한 조각이 들어 있었다.

"랍스터군."

여자가 무심한 목소리로 말했다.

"처음 먹어 봐요."

마이크는 랍스터를 입에 넣고 오물거렸다.

"별것도 아니야. 내 고향에선 치이는 게 랍스터였어."

여자는 허공에 시선을 두고 말했다.

"네."

마이크는 랍스터에 집중하며 건성으로 대꾸했다. 살이 보드라운지 어떤지 잘 모르겠다. 새우 같기도 하고 그냥 좀 질긴 생선 같기도 했다.

"엠마, 관광은 좀 하셨어요?"

"나 여기 관광하러 온 거 아냐. 누구 좀 찾으러."

마이크는 피식 웃음이 났다. 오늘 만난 사람들은 하나같이 불행한 데다 누굴 찾고 있다. 내 주위에 아무도 없다는 게 오늘따라 이렇게 편하네.

"누굴, 찾으시는데요?"

마이크가 샐러드와 빵을 입안에 욱여넣고 물었다.

"샐리 여사."

"샐리 여사?"

"내 어머니야."

"아아."

마이크가 고개를 끄덕였다.

"그래서 만나셨어요?"

엠마는 어깨를 으쓱했다.

"날 보고 싶지 않대."

"왜요?"

"날 싫어하거든."

"어머니가 딸을 싫어해요?"

마이크는 그런 말도 안 되는 소리는 처음 들어 봤다.

"어차피 진짜 딸도 아닌데 뭐. 피 한 방울 안 섞였고. 그래도 나를 딸로 생각하고 키운 줄 알았는데 아니었던가 봐. 아직도 뚱뚱하냐고 물어서 그렇다고 했더니 미친 듯이 웃는 거야. 그러더니 전화가 끊어졌어."

마이크는 입으로 가져가던 빵을 다시 무릎에 내려놓았다.

"다시 해 보지 그랬어요? 섬이라 통신이……."

"아냐. 샐리 여사가 끊은 거야."

마이크는 아무 말이나 지껄여야 한다고 생각했지만 그냥 조용히 빵을 씹었다.

"그럼 이제 어쩌실 거예요?"

"미션 수행."

"아, 미션. 좋다. 그게 뭔데요?"

"여기서 인생을 끝장내는 거야."

"예에?"

입에 들었던 빵 조각이 밖으로 툭 튀어나왔다. 낮에 보았던 타투가 선명한 이미지로 떠올랐다. 또다시 옆구리가 아팠다.

"오, 그런 말씀 마세요. 몹쓸 생각을 하면 벌 받아요."

"이봐. 삶이 벌이야. 더 이상 무슨 형벌이 있겠니?"

엠마는 어깨를 둥글게 말고 빵 덩이를 향해 시선을 내리꽂았다. 마이크는 입맛이 달아났다. 빵은 푸석했고 입안은 꺼칠했다. 그래도 탁탁 털어 다 먹었다. 배는 아직도 고팠다. 손님의 넋두리를 들어주는 것도 진력이 났다. 엠마는 샌들로 바닥에 떨어진 빵을 뭉개고 있었다. 그 모습을 보자 갑자기 화가 치밀었다. 미할리스가 했던 말이 떠올랐다. 그렇게 짠순이는 처음 봤다고. 땅에 떨어진 빵은 개들이 먹으러 온다. 뭉개 버리면 개도 못 먹게 된다. 마이크는 그녀의 발밑에 깔린 빵 조각을 확 낚아채서 분수대 쪽으로 던져 버렸다. 돌바닥에 후드득 빗방울이 떨어지기 시작했다. 세상과 좀 사이좋게 지내고 싶어도 꼭 이런다. 팁 없는 손님에, 타임킬러들에, 불행한 공주님에, 젠장할 비.

"비가 내려요. 어서 호텔로 돌아가세요!"

마이크가 자리에서 일어섰다. 그녀는 미동도 없다.

"엠마! 감기 걸리겠어요. 어서요!"

감기 까짓 거 걸리거나 말거나 무슨 상관인가 하면서도 마이크는 몸에 밴 습관대로 친절하게 지껄였다.

"어차피 바다에 뛰어들 건데 뭔 상관?"

그녀가 킬킬거렸다. 굵어진 빗방울이 빨강색 곱슬머리를 진한 갈색으로 바꾸고 있었다. 꼭 곰 인형 같다. 솜이 꽉 들어찬 곰 인형. 물을 먹으면 완전히 무거워져서 들 수 없는 커다란 솜 인형. 그러기 전에. 마이크는 하는 수 없이 엠마를 억지로 일으켰다.

"저리 가. 귀찮아."

그녀는 팔을 휘두르며 마이크를 쫓았다. 그새 광장에 있던 거리 아사와 취객들은 사라지고 없었다. 주홍빛 가로등마저 꺼지자 마이크의 마음이 다급해졌다. 땀과 비에 젖은 등이 시렸다. 이러다 진짜 아무도 없는 바다에 뛰어들면 어쩌지.

"호텔이 어디예요? 제가 모셔다 드릴게요."

"호텔?"

엠마가 갑자기 소리 내어 웃기 시작했다. 여자는 갈 생각이 없어 보였고 그대로 두었다가는 혼자서 어쩌지 못할 만큼 무거워져서 영영 움직이지 못할지도 모른다. 버려진 곰 인형. 어깨가 축 처진 곰 인형. 비에 퉁퉁 불은 곰 인형. 마이크는 엠마의 팔을 억지로 들어 올려 제 목에 휘감았다. 엠마의 머리칼이 축축했다. 비린내가 났다. 비와 바다가 만나면 이런 냄새를 풍기던가. 아니 이건 생선 비린내다. 어디 썩은 생선이 버려져 있나. 마이크는 정체를 알아보려 두리번거렸지만 사방은 어둑했다. 문득 근원지가 어디인지 알 것 같았다. 여자의 어깻죽지에서 비릿한 죽음의 냄새가 났다. 그냥 내뺄까. 뭐가 어떻게 되든 그만하고 싶었다. 더럽게 재수 없는 날이 아닌가. 만나는 손님마다 이 모양이다. 즐거운 관광객은 다 어디로 숨어들고 음울하고 불행한 사람들만 걸려드는 걸까. 저 앞에 시커먼 리몬디의 사자상이 사납게 변해 있었다. 익숙했던 풍경들이 낯설게 달려들고 원망하고 협박하는 듯했다. 마이크는 도망가고 싶었지만 그러지 못하고 더욱 끈질기게 엠마를 일으켰다.

"자자. 마이 레이디. 여기서 이럴 게 아니라 호텔로 가셔야죠."

마이크는 엠마를 아기처럼 구슬렸고 마침내 스스로 일어서서 걷기 시작했다. 그녀가 느릿느릿 광장을 빠져나가는 동안 마이크는 옆에서 푹 젖은 곰 인형이 함께 걷고 있다는 착각에 빠졌다. 마이크가 젖은 머리칼을 흔들자 엠마의 쌍꺼풀 진 푸른색 눈이 보였다.

불 꺼진 빵집을 지나 오르막길로 들어섰다. 관광호텔들이 저마다 네온사인을 번쩍였고 객실마다 주홍색 불빛이 새어 나왔다. 따뜻해 보였다. 이쯤 어딘가 그녀가 묵는 호텔이 있을 거였다. 마이크는 걸음을 늦추고 엠마를 살폈다. 그녀는 멈추지 않고 계속 걸었다. 곧이어 홈패션과 전자기기 매장과 복권 파는 집을 차례로 지나 낯선 골목길로 들어섰다. 마이크는 처음 와 보는 동네였다. 비는 계속 내렸다. 땅에 고인 구정물이 청바지로 튀었다. 골목을 여러 번 돌자 4층짜리 녹색 건물이 보였다. 그 앞에서 엠마가 걸음을 멈추었다. 굽은 등을 펴고 어깨를 으쓱거리며 다 왔다는 표정을 지었다. 가뜩이나 못생기고 오래된 건물에는 베란다마다 에어컨 실외기가 흉하게 튀어나왔고 다닥다닥 붙은 창은 거의 불이 꺼져 있었다. 다들 자는 걸까. 손님이 들지 않은 것일까. 마이크는 후자가 맞을 거라는 생각이 들었다.

"그럼, 쉬세요."

마이크는 애써 쾌활한 목소리로 밤 인사를 건네고 돌아섰다. 긴 하루였다. 어서 집으로 돌아가 냄새나는 청바지를 벗어 버리고 싶었다.

"저기…….."

등 뒤에서 엠마의 목소리가 들려왔다.

"저, 마이크!"

그녀가 이름을 불렀다.

"예스?"

어둠 속에 희미하게 엠마가 보였다.

"차나 한잔 하고 가든지."

엠마는 조금 부끄러운 듯 말했다. 차? 의외의 단어에 마이크는 멈칫했다. 여태 고객이 자신을 호텔 안으로 초대한 적은 한 번도 없었다. 마이크가 고객의 호텔 입구까지 올 때는 모두 뻔한 이유였다. 타베르나에서 얼큰히 취한 고객을 호텔까지 배웅해 주면 후한 팁이 주어졌으니까. 그뿐이다. 마이크 같은 아이에게 빵을 던져 주는 일은 있어도 차 한잔을 나누자는 고객은 없었다. 낮에 햄버거를 사 준다는 고객이 있기는 했지. 마이크의 생각이 아델에게로 떨어졌다. 그 애는 지금쯤 호텔에 잘 들어갔을까. 아니면 비를 맞으며 밤거리를 쏘다니고 있을까. 그

애 옆에도 낯선 이가 같이 걷고 있을까. 마이크는 아델 옆에 서 있을지 모를 누군가를 상상하자 덜컥 겁이 났다. 그럼 안 되는데. 어린 여자애가 이 밤에 그러면 안 되는데.

"들어올 거야, 말 거야?"

엠마가 호텔 문을 열고 물었다. 마이크는 주위를 둘러보았다. 사방이 어둡다. 비는 그칠 생각이 없어 보였다. 천둥이 한 번 구르르릉 크게 쳤다. 그래, 차 한 잔만. 마이크는 젖은 옷을 탁탁 털고 현관으로 들어섰다. 엠마가 붙들고 있던 유리문이 닫히자 빗소리가 둔해졌다.

카레타 카레타

레팀노의 해변은 한때 바다거북이 자주 출몰하는 곳이었다. 바다거북들은 저 먼 곳에서부터 시작한 긴 여행을 마치고 해변에 기어 올라와 밤 동안 알을 낳고 다시 떠났다. 남겨진 알은 모래사장 곳곳에 깊숙이 숨어 있다가 때가 되면 부화해서 모래를 뚫고 나왔다. 바다거북은 외모에 비해 의외로 민감한 동물로 불빛을 싫어했다. 해변을 끼고 들어선 바와 카페, 식당과 호텔이 바다거북이 레팀노로 오는 것을 방해했다. 바다거북은 드문드문 왔고 어쩌다 부화한 새끼들도 인공조명을 따라 시내로 가는 바람에 중간에 말라 죽었다. 카레타 카레타. 사람들은 그렇게 불렀다.

요새는 바다거북 대신 이국의 젊은이들이 출몰했다. 그들은 끝도 없이 펼쳐진 파라솔과 선베드의 향연 끄트머리에 진을 치고 피켓을 들고 전단지를 나누어 주었다. 세이브 카레타 카레타. 전 세계에서 뜻을 같이 한 청년들이 레팀노에 모여 피켓을 들었으니 그들의 목적은 바다거북 보호였다. 전부 외국인으로 이루어진 단체의 자원봉사자들은 밤에 조금만 일찍 불을 꺼 달라고 호소했다. 그 말을 듣는 그리스인 상점 주인은 없었다. 먹고 사는 게 시급한 마당에 바다거북이 알을 낳든지 말든지. 저것들은 배가 불러서 남의 나라에 와서 별걸 다 참견이구먼. 하긴 국경도 없이 돌아다니는 바다거북이 그리스의 해변에 온다고 그리스 소유란 법도 없었으니 전 지구적 관점으로 볼 때 잘하는 짓이었다. 뭐 젊은것들은 보다 나은 세상을 위해 떠들라고 해. 하지만 우리야 어쩌겠나. 늦게까지 장사를 해야 먹고 살지. 상인들은 외국에서 제 돈 들여 여기까지 온 젊은이들에게 너희도 참 헛수고한다면서 공짜 와인 한 잔을 내주며 옛날 기억을 끄집어냈다.

레팀노 해변 말이야. 자네들은 저걸 보고 끝도 없이 펼쳐져 있다고 하잖아. 근데 지금 해변은 예전에 비하면 반쪽짜리에 불과해. 불과 20여 년 전까지만 해도 진짜 넓었어. 그래서 걔들이 기어 올라오는 거야. 카레타 카레타. 녀석들은 후다닥 알을 낳고 다시 바다에 뛰어들어야 하거든? 근데 모래가 이렇게 많으니 따지고 말고 할 것도 없이 아무 데나 되는 대로 알 낳고 땅 파서 묻고 새벽이면 뜨는 거야. 딱 맞지. 내가 중학생 때였어. 밤에 해변엘 갔는데 글쎄 바다거북이 떼로 들어와 있더군. 굉장했지. 그놈들은 아침이면 흔적도 없이 사라졌고. 놈들이 낳은 알을 찾으려고 땅을 파 봐도 얼마나 깊이 잘 감추어 놨는지 보이지도 않아. 뭐 종종 있었지. 운 좋은 녀석들 말일세. 그 말썽쟁이들은 기어코 알을 파서 갖고 놀다가 깨트리는 바람에 어른들한테 걸려서 호되게 맞았어. 우리가 제일 좋아했던 건 새끼들이 알에서 나올 때야. 밤에. 진짜 시커먼 밤에 가야 해. 조용히 숨어서 보는 거다. 새끼들은 별빛을 따라서 바다로 이동하거든? 끝내주는 장관이지. 걔들. 안 오기 시작한 지는 꽤 됐어. 보셔! 우리는 퇴근이라도 하지. 호텔은 딱 버티고 서서 밤새 조명을 쏘아 대는데 호텔이 어디 한두 갠가. 호텔에 피켓 들고 가 보시지? 그게 먹힐 것 같나. 웃기는 소리지. 이제 레팀노는 변했어. 에이. 글러 먹었다고. 수블라키 상인 스타마티스 씨는 그렇게 말하고 목안에 낀 가래를 그러모아 모래 바닥에 탁 뱉었다.

관점을 달리하면 레팀노는 이제부터 시작이었다. 바다거북에게는 글렀을지 몰라도 휴양객이 뛰어놀기 이만큼 넓은 데도 없었다. 크레타 섬을 통틀어 레팀노만큼 개발하기 쉬운 곳도 없었다. 배낭여행자들이 가장 사랑하는 하니아는 아무리 개성 있고 예뻤대도 동네가 너무 다닥다닥 붙은 게 흠이었고, 크노소스와 고고학박물관에 공부하러 오는 관광객들로 문전성시를 이루는 이라클리오는 이미 포화상태였다. 레팀노가 각종 패키지 상품을 엮어 단체 손님을 들이는 최적의 공간으로 변신하는 데는 얼마 걸리지도 않았다. 전 세계에서 손님들이 밀물처럼 몰려왔다. 그 많은 손님들을 재우고 먹이고 하려면 기존의 소규모 호텔로는 어림도 없었으므로, 아파트형 대형 호텔들이 개성 없이 계속 지어졌다. 단체로 올라온 카레타 카레타가 열을 맞추어 알을 낳던 레팀노의 황금빛 모래 해변은 이제 파라솔과 선베드가 열을 맞추었다. 그 위에 올라가 몸을 누이면 저절로 갈색 피부가 보장되었다. 물론 최고의 자리는 호텔에 있는 야외 수영장이었다. 야자수가 하늘거리는 나무 데크 위에 자리한 선베드는 흰색 혹은 코발트블루 혹은 민트색 시트가 까실하게 깔려 있고 남다른 자태의 쿠션들이 등받이로써 휴식을 도왔다. 손만 까딱해도 품위 있게 달려와 각종 음료를 서빙하는 직원들이 곳곳에 포진해 있어 편리하기 그지없는 데다 반듯한 사각형의 수영장은 바다보다 푸르고 물은 짜지 않으며 발바닥에 모래가 끼지 않아 쾌적했다. 이뿐이라면 시시하다. 호텔의 루프 탑에서 바다를 내려다보듯 조망하며 수영하는 구조는, 몸은 여기 있으나 마치 바다 한가운데서 유영하는 듯한 착시와 감상을 주었다. 이것이 럭셔리 호텔 수영장의 격이고 클래스였다. 수영을 마치면 조금 출출해졌는데 멀리 갈 것 없이 호텔 내부에 갖추어진 바 혹은 카페테리아 혹은 식당을 이용하면 되었다. 그 총체적 서비스의 공간에서 나비넥타이를 매고 흰색 와이셔츠를 빳빳하게 다려 입고 반짝이는 구두를 신고 활달하고도 폭넓게 움직이는 전문 직업군이 있었으니, 바로 웨이팅 스태프이다.

웨이터가 되는 것. 화려한 호텔의 일부가 되어 삶을 보다 깔끔하게 영위하는 것. 그것이 마이크의 꿈이었다. 마이크가 북쪽의 산업 도시를 포기하고 대신 그리스에 남아 있기로 결정한 것은 레팀노에 이는 변화의 바람을 일찌감치 눈치챘기 때문이다. 해외에서 자본이 들어오고 있었다. 돈은 레스토랑이 되고 바가 되고 호텔이 되었다. 예전에는 촌스럽던 레팀노가 밖에서 들어온 돈 덕분에 세련되고 있었다. 누군가는 망했다지만 그야 그들 사정이다. 마이크는 새로운 흐름을 타고 자리만 잡으면 된다. 저 안에 분명 있을 거였다. 마이크의 자리. 그 한 자리를 위해 마이크는 손님을 모셨고 오늘도 새로운 손님을 만났고 그 손님이 자신을 호텔로 초대했다.

　마이크는 젖은 옷을 탁탁 털고 호텔로 들어섰다. 이런. 마이크는 잠시 멈칫했다. 로비가 없었다. 프런트 데스크도 없었다. 천장에 붙어 있어야 할 샹들리에와 화려한 꽃과 바쁘게 돌아다녀야 할 제복 차림의 직원이 한 명도 보이지 않았다. 무슨 호텔이 이래? 마이크가 고개를 들자 엠마가 벌써 저만치 앞장서서 계단을 오르고 있었다. "여기야." 그녀가 올라오라는 시늉을 했다. 빨간 양탄자가 깔린 작은 홀은 텅 비었고 한쪽 구석에 처박힌 소파 세트만이 이곳을 숙박업소로 추측할 수 있는 단서였는데, 거기 노인이 혼자 누워 텔레비전을 보고 있었다. 어두운 홀에 텔레비전 불빛이 번쩍했다. 텔레비전에서 요란한 웃음이 터져 나오자 노인이 쉰 목소리로 같이 킬킬거렸다.

　"칼리스페라!"

　마이크는 노인에게 인사를 했지만 노인은 거친 숨을 씩씩 내쉬기만 할 뿐, 텔레비전에서 눈을 떼지 못했다. 손님인가 수위인가.

　"노인네 귀가 먹어서 그래."

　엠마가 계단 위에서 마이크를 내려다보며 말했다.

"엠마, 여긴 카페가 로비 말고 루프 탑에 있나 보죠?"

작은 부티크 호텔은 옥상에 카페가 있다는 얘기도 들어 봤다. 눈부신 햇살 아래 루프 탑 카페는 낭만적일 것이다. 하지만 지금은 비 내리는 밤에 찬바람을 맞으며 차를 마시고 싶지는 않은데.

더 좋은 데가 있겠지. 마이크는 더 좋은 데를 찾아보려고 두리번거렸으나 그런 게 있을 것 같지 않았다. 오래된 건물을 호텔로 개조한 부티크 호텔은 규모는 작아도 나름의 취향이 있다고 그러던데 여긴 아닌 것 같다. 이대로 내뺄까? 호텔에서의 차 한 잔에 이끌린 거였다. 이 정도 칙칙함이라면 마이크가 사는 공동주택도 비슷했다. "문제 있니?" 엠마가 구부정한 등을 더욱 말고 마이크를 내려다보고 있었다. 자신이 쭈뼛거리고 있다는 것, 망설이고 있다는 것, 실은 따라가고 싶지 않다는 걸 알면 여자는 실망하겠지. 오늘 밤 죽으려 했던 여자다. 마이크는 선심 쓰듯 계단을 올랐다. 엠마가 다시 앞장서며 중얼거렸다.

"좀 구리지. 렌드 하우스야. 그래도 있을 선 다 있어."

마이크는 저도 모르게 피식 웃음이 났다. 낮과는 입장이 역전이 된 것 같아 기분이 나쁘지 않았다. 긴가민가 하는 손님을 자기 장소로 데려가는 느낌이 어떤 것인지 여자도 이제는 알지 않겠는가. 손님이 잘 따라오고 있는지, 다른 데로 내빼려는 생각은 없는지, 옆에 바짝 붙어서 살피고 종알거리고 비위 맞추고.

2층에 오르자 기다란 복도 양 벽면에 비좁게 달린 문이 여러 개 보였다. 복도는 조용했지만 여러 개의 문틈으로 서로 다른 채널의 텔레비전 소음과 가래 끓는 기침 소리, 코 고는 소리가 삐져나왔다. 발밑에 깔린 양탄자에서는 케첩과 치즈, 수블라키 냄새가 섞여 올라왔다. 마이크는 먼지가 목까지 차오르는 기분이었다. 아무렴 어때. 차 한잔 마시는 것뿐이다. 엠마는 이윽고 204라고 쓰인 문 앞에 섰다.

"열쇠가 어딨더라? 젠장."

엠마는 어깨에 멘 가방에 손을 집어넣고 뒤적거렸다.

"망할 열쇠는 맨날 도망을 다녀."

그녀는 결국 바닥에 가방을 던져 놓고 무릎을 꿇고 앉아 안에 있는 물건을 하나씩 끄집어냈다. 얇은 머플러, 선글라스, 뚱뚱한 가죽 지갑, 기념품 가게에서 산 조악한 당나귀 모양의 냉장고 자석, 구겨진 플라스틱 물병이 하나씩 튀어나와 복도에 쌓여갔다.

"어. 여깄었네."

싸구려 플라스틱 키홀더에 붙은 멋대가리 없는 은색 열쇠가 그녀의 손가락 끝에서 달랑거렸다. 드디어 키를 쑤셔 넣고 돌리자, 오른쪽으로 가서 철컥철컥하다가 다시 반대편으로 치크덕 치크덕 하더니 문이 달각 열렸다.

"하! 열렸네요."

마이크가 손뼉을 쳤다.

"그럼 저는 밖에서, 아님 카페에 먼저 올라가 있을까요?"

마이크가 조금 뒤로 물러서며 말했다.

"카페는 무슨. 여긴 그런 거 없어. 들어와."

엠마가 방에 불을 켜자 가장 먼저 커다란 여행 가방이 눈에 들어왔다. 바퀴 달린 여행 가방은 너무 작은 방으로 들어온 탓에 침대와 벽 사이에 꽉 끼어 불청객처럼 서 있었다.

"제기랄. 가방 정리를 아직 못 해서 어지러워. 뭐 해? 들어와. 차 끓일게."

엠마는 아직도 문간에서 서성대는 마이크를 향해 말했다. 이런 초대는 처음이었다. 고객의 호텔방이라니. 마이크는 망설였나. 이럴 때 미할리스 같으면 어떻게 처신할까. 마이크가 답을 찾기도 전에 엠마가 마이크의 팔을 당겨 방 안으로 들였다.

"홍차?"

마이크는 마지못해 고개를 끄덕였다. 방 안에는 싱글 침대 하나, 침대만큼 커다란 여행용 가방이 다였다. 화장대나 소파는 없었다. 침대 위에는 속옷과 여름용 원피스, 슬리퍼, 화장품이 마구 흩어져 어지러웠다. 마이크는 어디에 시선을 둬야 할지 몰라서 어정거렸다.

"뭐 해? 여기 앉아."

엠마가 속옷과 옷가지들을 대충 밀쳐 내고 앉을 자리를 만들었다. 마이크가 하는 수 없이 침대 끄트머리에 앉자 엠마가 덜그덕거리며 차를 끓이기 시작했다. 흰색 머그 컵에 담긴 티백 홍차는 검정색으로 우러났다.

"마셔, 꼬마. 사실 이런 날은 위스키가 최곤데."

엠마는 여행 가방을 들들 끌고 문 쪽으로 가더니 가방 문을 열어젖혔다. 그 안에는 한 달을 입고도 남을 옷가지와 수영복 여러 벌, 자질구레한 소품들, 위스키 병이 열 개도 넘게 들어 있었다. 인생을 끝장내려는 사람치고는 꽤나 벅찬 짐이었다.

"젠장할, 입을 수 있는 옷은 하나도 없어. 모두 작은 옷들뿐이야."

엠마는 그대로 위스키 한 병을 따서 단숨에 들이켰다. 마이크는 머그 컵을 움켜쥔 채 엠마를 지켜보았다. 여자가 위스키를 병째로 들이켜는 모습은 처음 봤다.

"너도 마실래?"

그녀가 병을 흔들며 말했다. 마이크는 고개를 끄덕였다. 입안에 위스키를 털어 넣자 가슴에서 뜨거운 불이 일었다.

"허억! 이거…… 진짜 굉장한데요?"

마이크의 말에 엠마가 깔깔거리며 위스키를 한 모금 더 들이켰다.

"그치?"

엠마는 여행 가방에 빼곡하게 들어찬 위스키를 자랑스레 보았다.

"마지막 은행 잔고를 다 털었어. 여기 오면 다 해결될 줄 알았거든. 내가 서프라이즈! 하면 어머니가 당장 달려 나와서 반길줄 알았더니. 젠장. 완전 착각한 거지. 난 어떻게 되먹은 인간인지 사람들이 다 날 싫어하네."

엠마는 뭐가 웃긴지 막 웃었고 마이크의 머그 컵에 위스키를 따랐다.

"자, 더 마셔. 난 망할 옷을 좀 갈아입어야겠다. 잠깐 실례."

엠마가 화장실로 뛰어 들어갔다. 싸구려 렌트 하우스에 비싼 위스키라. 마이크는 이해가 되지 않았다. 저 나이에 모아둔 돈도 없이, 그래도 살아지는 걸까. 홍차와 섞인 위스키는 밍밍했지만 향은 좋았다. 머리가 뻐근해지더니 이내 졸음이 왔다. 매트리스가 너무 푹신해서 움직일 때마다 쑤욱 내려갔다 다시 쑤욱 올라왔다. 마이크는 어지러운 머리를 잠시 침대에 뉘였다. 천장에 달린 주홍색 전구가 빙빙 돌았다. 생각이 멈추고 눈이 슬슬 감겼다. 좋다. 독한 술은 빨리도 취하는구나. 그때 요란한 소리를 내며 화장실 문이 와당탕 열리더니 안에서 새하얀 형광등 빛이 쏟아져 나왔다. 진짜 취했나. 빛 속에 우람한 여신이 보였다. 언젠가 보았던 국립박물관의 여신상과 비슷했다. 어떤 여신상은 한쪽 가슴이 삐져나와 있기도 했고 어떤 여신상은 전투복을 갖춰 입고 창을 들었다. 눈앞의 여신상은 비키니를 입고 있었다. 비키니? 마이크는 팅기듯 침대에서 벌떡 일어났다. 세상에. 엠마.

"어쩌니? 낮에 네가 알려준 가게에 갔었어."

"네에? 아, 진짜로 가셨구나."

마이크는 괜히 비키니를 사라고 부추겼다는 생각이 들었다. 내일 저렇게 입고 해변에 나가면 웃음거리가 될 게 틀림없었다. 그 많고 많은 색상과 디자인 중에서 하필 빨간색이라니. 핵심적인 부분만 가렸다 뿐이지 지나치게 노출이 심한 디자인에 사이즈를 잘못 골랐나. 왼쪽 가슴의 절반 이상이 보였다. 이런.

"와아. 비키니가 아주."

"꽤 잘 골랐지? 내가 어렸을 때부터 패션 감각이 남달랐어. 덕분에 모델 생활도 좀 했었고. 어렸을 때 얘기야. 아까 가게에 딱 들어갔는데 비키니가 하나같이 너무 섹시하더라. 화려한 색감에 과감한 디자인은 또 어떻고. 눈물이 다 났어. 그 주인 여자가 그러는데 브라질에서는 뚱뚱한 여자도 날씬한 여자도 똑같이 사랑받는대. 오히려 살집 있는 여자가 인기가 더 많대. 다음엔 브라질에 가야 할까 봐. 여태 쭈그러져서 산 게 아까웠어. 이제 다시 멋지게 재기할 때야. 태닝도 좀 하고. 네 말대로 난 크레타에서는 스몰일 뿐이니까. 하하하."

엠마는 위스키를 한 손으로 쳐들고 마이크의 잔을 다시 채웠다. 마이크는 자동적으로 그걸 받아 마셨다. 속이 다시 뜨거워졌다. 엠마는 음악을 틀어 놓고 엉덩이를 흔들다가 마이크의 옆자리에 털썩 앉았다. 침대 매트리스가 출렁였다.

"몇 살?"

그가 머리를 들이대고 물었다. 위스키 냄새가 왜 비릿하지.

"열다섯이요."

"열다섯치곤 꽤 남자 같아. 열아홉은 되는 줄 알았어."

마이크는 그 말에 기분이 좋아졌다. 어린애 티를 벗고 빨리 어른이 되어야 미할리스처럼 멋진 웨이터가 될 수 있다. 적은 나이는 거치적거렸다. 어리다고 무시당하고 돈도 적게 받는다. 열아홉이면 남자가 아닌가. 마이크는 괜히 으쓱한 기분이 들었다.

"가족은?"

엠마가 마이크 옆으로 더욱 바짝 다가왔다. 허벅지가 서로 맞닿았다.

"없어요. 아는 형들이랑 같이 살아요."

"여자 친구는?"

마이크는 고개를 저었다. 엠마의 손이 젖은 청바지 안쪽으로 점점 깊이 미끄러져 들어오고 있었다. 머리가 뻐근해지고 혀가 말랑해지면서 웃음이 비실비실 새어 나왔다.

"기분이 좋니, 꼬마?"

엠마가 혀 꼬인 발음으로 물었다.

"마이크. 제 이름 마이크예요."

마이크는 이런 기분이 싫은지 좋은지 알 수 없었다. 정신은 또렷하지 않았고 청바지 앞섶이 점점 부풀어 오르고 있는데 그런 꼴을 들켜서는 안 된다는 생각만 들었다. 엠마는 고객이고 레이디고 엄마뻘이고. 마이크는 정신을 차려야겠다고 생각했는데 몸은 거기 그대로 있고 머리는 빙빙 돌고 밑은 터질 것처럼 무거웠다. 옆에서 엠마의 풍만한 가슴이 느껴졌다. 둥글고 말랑한 살이 크게 부풀어 올랐다가 찌그러졌다가 이리저리 출렁거렸다. 진짜 살로 이루어진 진짜 가슴. 마이크는 너무 긴장해서 온몸이 뻣뻣해졌다.

"헤이, 마이크. 너, 나랑 하고 싶구나?"

엠마가 마이크의 귓불에 대고 속삭였다. 앞섶이 아까보다 더 불룩해져 있었다. 마이크는 기겁했다. 지금 무슨 일이 벌어지고 있는 거지? 머리가 잘 돌아가지 않았다. 아뇨 아뇨. 그건 아닌데요. 마이크는 그렇게 생각했지만 잔뜩 흥분한 몸은 다르게 말하고 있었다. 마이크는 달아나야겠다는 생각이 들었다. 자기가 무슨 일을 벌일지 알 수 없었다. 마이크는 침대에서 발딱 일어섰다.

"이제 가 봐야겠어요."

문고리를 잡았지만 여행 가방이 방문을 막고 있었다. 마이크는 입을 벌리고 누워 있는 가방의 모서리를 잡아당겼다. 침대와 문 사이에 꽉 끼인 가방은 꿈쩍도 안 했다. 엠마가 킬킬거리며 다가왔다.

"꽉 꼈네. 또 저 모양이지. 내가 도와주런?"

엠마가 마이크 옆에 쪼그리고 앉아서 가방을 뒤쪽으로 쭉쭉 밀었다. 마이크는 방문을 잡아당기려고 가방을 앞쪽으로 당겼고 엠마는 깔깔 웃으면서 가방을 도로 문 쪽으로 밀었다. 여행 가방은 이리 밀리고 저리 밀리면서 안에 있던 옷들이 밖으로 쏟아졌다. 방 안은 엉망이 되었고 문틈은 조금도 벌어지지 않았다. 마이크의 겨드랑이에 땀이 찼다.

"마이크, 너 차는 다 마셨니?"

엠마가 물었다.

"네네. 엠마, 정말 맛있었어요."

마이크가 엠마의 가슴을 보지 않으려고 애쓰면서 말했다. 조금 전까지 마이크를 매혹하던 가슴이 이제는 징그러웠다. 거기에 흥분했다는 게 부끄러웠다.

"그으래? 작별 인사는 하고 가야지."

엠마의 입술이 마이크의 입술을 거세게 포갰다. 위스키가 썼다. 마이크는 반사적으로 엠마를 떠밀었다. 엠마는 뒤로 밀려나면서 휘청거렸다.

"쏘리. 엠마. 근데 이…… 이건, 아닌 것 같아요. 차 한 잔 마시러 온 것뿐이었어요. 당신이랑 뭘 어쩌고 싶은 생각은 없다고요."

마이크가 정색을 하고 소리쳤다.

"뭐가 어째?"

느닷없이 날아온 손바닥이 마이크의 머리통을 세게 갈겼다. 갑자기 당한 일이라 마이크의 무릎이 그대로 침대 메트리스 위로 꺾였다. 머리가 띵했다. 얼굴이 화끈거렸다. 일어서려는데 이번에는 엠마가 마이크의 얼굴을 꼬집듯 부여잡고 흔들었다.

"엠마, 저저, 이이건, 아아, 아닌 것 같아요. 징징징……. 야, 내가 너더러 생각 같은 거 하랬니? 병신 같은 게!"

또 다시 마이크의 머리가 번쩍했다. 마이크는 피할 생각도 없이 그냥 그러고 있었다. 머리가 크게 흔들렸고 정신이 멍했다. 몸이 잘 움직이지 않았다.

"영어 발음도 구리고 문법도 죄다 틀렸어. 그런 주제에 뭐가 어째? 신나서 따라 들어올 때는 언제고. 지금 와서 왜 징징대는데? 왜, 비키니가 마음에 안 들어? 별로 안 섹시한가? 다른 것도 있어. 너 꽃무늬 좋아하니?"

엠마는 쇼핑백을 거꾸로 들고 쏟았다. 그 안에 색색깔의 비키니가 다섯 벌은 들어 있었다.

"아뇨 아뇨. 됐어요. 그거 예뻐요."

마이크가 마구 손을 내저었다.

"아냐. 다른 걸 입으면 생각이 달라질걸? 자, 이게 좋겠다."

엠마가 주황색 비키니를 꺼내 들었다. 가슴골에 쇠붙이가 붙어서 달랑거렸다.

"싫어? 그럼 이거?"

이번에는 레이스 달린 비키니였다.

"이런 것도 있어."

엠마는 물방울 문양의 귀염성 있는 비키니를 흔들었다. 머리가 나쁜 것일까. 마이크는 엠마가 핵심을 놓치고 있다는 생각이 들었다. 방금 맞은 부위가 여전히 욱신거렸지만 여자가 때려 봤자 죽기야 하겠어? 그래서 말해 주었다.

"미안하지만 당신한테 하나도 안 어울려요. 죄다 웃기다고."

창밖에서 천둥이 쳤다.

"안 어울려?"

엠마는 금세 낙심한 얼굴로 위스키 한 잔을 입에 털었다.

"너, 조그만 게, 말이라고 그냥 막 지껄이는구나. 여기서 생각은 내가 하고."

엠마가 마이크의 뺨을 한 대 갈겼다.

"결정도 내가 내려."

또 한 대.

"너 같은 애한테 무시당할 만큼 내가 그렇게 밑바닥인 것 같아? 너한테 있는 게 뭐야? 나라도 없고 부모도 없고 집도 없는 게!"

엠마는 뺨으로 성이 차지 않았는지 마이크의 목을 한 손으로 쥐고 흔들었다. 흐흐흐. 목이 조이는데 별안간 웃음이 터졌다. 이럴 때가 아니었다. 그런데 왜 웃기지. 아델은 손목을 긋고 엠마는 물에 빠진다. 아니네. 그들은 어쨌든 살아. 그런데 논리가 좀 맞지 않다. 부모가 없는 거나 집이 없는 거나 엠마도 마찬가지 아닌가. 마이크는 피가 얼굴로 몰리는 걸 느끼면서 계속 생각했다. 이 여자는 직업도 없고 모아놓은 돈도 없다. 꿀릴 것도 없네요, 레이디. 마이크에겐 부겐베리아도 있고 마리아 아줌마도 있고 가끔 치사하게 굴지만 미할리스도 있고 꿈도 있고 계획도 있고 미래도 있고 성실하게 일할 손과 다리도 있고 기타 등등. 마이크는 수많은 것들을 떠올리며 자신이 크게 기울지 않는다고 저항해 보았다.

그러나 소용없었다. 마이크는 자꾸 거기서 막혔다. 나라도 없는 게. 제 나라가 없는 거. 문제는 언제나 거기서 벌어졌다. 거기 그어진 선. 선 안에 있고 없고. 그게 뭐라고. 그것이 바깥 인간과 안쪽 인간의 삶을 극적으로 갈라 놓았다. 그래서 밖으로 나왔다. 세상에는 선명하게 그어진 선. 더 깨끗하고 더 세고 더 안정적인 선들이 있다. 그 안으로 기어들어 왔다고 생각했는데 아니었다. 마이크는 거기 끼지 못한다. 선착장에서 건달들에게 시달리는 이유가 거기 있었고 현지인보다 집세를 더 내야 하는 이유가 거기 있었고 여자 친구를 사귀지 못하는 이유가 거기 있었고 아테네 대학생에게 막내 웨이터 자리를 내주어야 하는 이유가 거기 있었다. 마이크의 새카만 두 눈에서 윤기가 빠져나가고 있었다. 젠장. 목이 조여지는 게 아니라 머리가 조이는 느낌이었다. 숨이 가빠지고 정신이 아득해지다가 어느 순간 아주 맑아졌는데 문득 깨달음이 왔다.

호텔 웨이터 자리는 영영 마이크에게 오지 않을 것이었다. 지금도 앞으로도 영원히. 호텔 내부를 구경하겠다고 그 안에서 차 한잔을 마셔 보겠다고 여기까지 왔는데 여긴 진짜 호텔도 아니고 저 여자는 좋은 사람도 아니고. 어차피 좋은 곳에 마이크의 자리는 없다.

마이크는 엠마의 머리칼이 흔들릴 때마다 붉은색 물이 뚝뚝 떨어지는 것을 보았다. 싸구려 염색약. 싸구려 친절에 싸구려 호텔이다. 붉은색 물이 여자의 얼굴과 마이크의 얼굴을 적셨다. 꼭 핏물 같다.

"넌 있지, 혼이 나야 해. 말을 자꾸 바꾸잖아. 아까 낮에는 비키니를 입어도 된다더니, 이제는 그러지 말라고 하고. 내가 좋아서 호텔 방까지 따라 들어왔으면서 집에 간다고 그러고. 자, 말해 봐. 뚱뚱한 년은 하이힐 신어도 되니, 안 되니?"

엠마가 가방 속에서 초록색 하이힐을 꺼내며 말했다.

"예스 예스. 물론이죠."

"그래서 나 어떠니?"

엠마는 손을 허리에 얹고 마이크를 쳐다보았다. 어떠냐고? 그걸 진짜 말해 줘? 마이크는 어이없게도 웃음이 터졌다.

"웃었어? 너, 내가 웃겨?"

또각또각. 마룻바닥 위를 걷는 여자의 구두 굽 소리가 마이크의 귀에 점점 또렷하게 들려왔다. 와, 굽이 엄청 뾰족하구나 하고 생각한 순간 마이크는 뒤로 훅 밀려나 바닥으로 내동댕이쳐졌다. 후우. 갈비뼈가 나간 것 같다. 마이크는 몸을 둥글게 말고 바닥을 굴렀다. 뾰족한 굽이 이번에는 마이크의 귀로 날아왔다. 다음번에는 목덜미로. 마이크는 두 손으로 머리를 감싸 잡았다.

"노 노! 그러지 마세요."

"빌어!"

"제, 제발! 플리즈! 플리즈, 레이디!"

마이크가 바닥에 무릎을 꿇고 빌기 시작했다. 구걸 같은 거 마이크에게는 아무것도 아니었다. 원하는 대로 해 주자.

"플리즈! 그만 때리세요!"

마이크는 더욱 가엾게 빌었다. 비위를 맞추고 싹싹 비는 건 익숙했다. 그런데 이번에는 뭔가 다른 점이 있었다. 엠마는 여자가 아닌가. 여자들은 마이크를 보면 귀여워하거나 가엾어하거나 불쌍해하거나 동전을 주지 않았나. 여자들의 역할은 그랬다. 때리는 건 힘세고 거친 남자 어른들의 몫이었다. 마이크는 헷갈렸다. 선착장의 깡패들에게 맞았을 때보다 더 아팠다. 그러면 맞서야 하는 거다. 그런데 엠마가 여자여서 그럴 수 없었다. 아무리 압도적으로 몸무게가 많이 나가도 레이디다. 진짜 나쁘고 센 인간들은 따로 있었다. 엠마는 마이크를 위협할 수는 있어도 더한 일을 하지는 못할 것이다. 마이크는 그러한 합당한 믿음을 가지고 계속 빌었다.

"마이 레이디. 플리즈 스톱!"

마이크가 빌면 빌수록 발길질이 리듬을 더했다. 이제 엠마는 구두를 신고 춤추는 댄서 같았다. 피가 흘렀는데 어디서 뭐가 찢어지고 터진 건지 알 수가 없었다. 정신이 아득했다. 배가 아팠다. 코가 얼얼하고 눈이 침침했다. 엠마의 웃음소리가 들려왔다. 이젠 된 건가요. 화가 풀리셨나요, 마이 레이디? 집으로 가도 될까요? 마이크의 입술이 들썩였다. 말소리는 밖으로 나오지 못했다.

"좋아. 이제 얌전해졌구나. 난 말 잘 듣는 애가 좋더라."

엠마는 공연을 끝마친 무용수답게 조심스럽게 하이힐을 벗고 바닥에 가지런히 내려놓았다.

"좀 말이 통한다 싶으면 꼭 그래. 배신을 때려. 착하게 살고 싶어도 그러질 못하게 해. 다 똑같아. 날 진짜 좋아하는 사람은 없었어. 내가 뭐가 문젠데? 왜 다들 나한테 이래. 그니까 내가 변하는 거야. 호흡을 맞춰야 해. 섞이려면 괴물이 돼야 한다니까. 힘을 쓰지 않고서는 안 돼."

엠마는 위스키를 입에 부으며 말했다.

"그치?"

마이크는 아픈 몸을 동그랗게 말고 간신히 고개만 끄덕거렸다.

"꼴을 보니까 좀 쉬어야겠다. 여기 와서 좀 누워."

엠마가 침대를 탁탁 쳤다. 바로 앞에 침대가 보였지만 너무 멀었다. 침대 위로 기어 올라갈 기운이, 망할 힘이 없었다. 그보다 무서웠다. 다음 순서로 마련된 끔찍한 일이 상상되었다. 안 되지 안 돼.

"왜. 이리 오라니깐. 뭐가 겁나는데? 허. 내가 널 어쩔까 봐? 아까 싫다고 하지 않았나? 알아들었거든. 내가 그 정도 괴물은 아냐."

엠마는 뭐가 웃긴지 한참을 깔깔대고 웃더니 침대에 벌러덩 드러누웠다.

"봤지? 난 여기. 넌 거기. 오케이? 그냥 좀 쉬자."

엠마는 싱글 침대의 한쪽 귀퉁이에 몸을 웅크리고 등을 돌렸다. 그래. 마이크는 너무 피곤했으므로 너무 아팠으므로 진짜로 쉬고 싶었으므로 침대 위로 기어 올라갔다. 메트리스가 밑으로 푹신하게 꺼졌다. 싱글 침대는 너무 좁아서 엠마가 덩달아 밑으로 꺼졌다가 튀어 올라 마이크의 자리를 차지했다. 마이크가 엠마의 밑에 깔린 꼴이 되자 엠마는 발작적으로 웃음을 터트렸다. 마이크는 숨이 안 쉬어지는데 엠마는 꿈쩍을 안 했다. 팔을 움직여 봐도 빠지지를 않았다. 어쩌다 이 엉망진창 속에 들어온 걸까. 뭘 잘못했는데? 마이크는 자신의 행동을 반성하고 싶었지만 생각나는 게 없었다. 억울했다.

취한 거다. 마이크는 그렇게 결론을 냈다. 엠마가 갑자기 이상해진 건 다 술 탓이었다. 원래는 저렇지 않을 거였다. 차 한 잔을 권하지 않았던가. 그건 마음이 따스하다는 증거다. 상황을 좋은 쪽으로 생각하면 그렇게 된다고 그랬어. 누가 그랬는지는 중요하지 않고 지금 그렇게 생각하는 게 중요했으므로 마이크는 계속해서 엠마를 좋은 사람으로 꾸미고 치장하느라 바빴다. 엠마는 곧 자신의 미친 짓을 사과할 것이었다.

그런 어른들을 자주 보았다. 부둣가의 거친 남자들은 이유 없이 마이크를 붙잡고 화풀이를 했고 몇 대쯤 기꺼이 맞아 주면 곧 상황이 좋아졌다. 맥주 한잔을 사 주거나 담배를 던져 주기도 했다. 이들은 그저 엉망진창인 자기 인생에 화를 내고 싶은 것뿐이었다. 나쁜 사람들은 아니었다. 사람들은 그러기도 한다. 사는 게 그렇다. 마이크도 그쯤은 알고 있었다. 오늘 하루가 더럽게 꼬인 것이다. 엠마는 새어머니가 자신을 덜 사랑했다는 사실을 알게 되었다. 화가 날 만도 하지. 부추길 때는 언제고 비키니를 사서 입었더니 도리어 못 생겼다고 비웃었다. 넌 맞아도 싸, 마이크. 네가 저 레이디를 불행하게 한 거야. 괴물로 만들었다고.

"그래. 네 탓이야 마이크. 착한 척하지 말라고 그랬지? 네가 자초한 거야."

마이크는 낯선 목소리에 정신이 번쩍 들었다.

"저 여자가 진짜 죽을 줄 알았어?"

누구? 세상에. 방 한쪽 구석에 아델이 쪼그리고 앉아 있었다.

"언제부터 거기 있었어?"

마이크가 엠마의 몸에 깔린 채로 고개를 비죽 내밀고 물었다.

"내내."

"날 좀 빼 줄래?"

"늦었어."

아델의 밤색 눈이 마이크를 노려보았다.

"넌 저 여자가 늙고 뚱뚱해서 불쌍하다고 생각했잖아. 근데 마이크. 네가 제일 불쌍해. 사람들은 네가 여기 이러고 있는 것도 몰라. 오늘 밤 죽어 없어져도 아무도 모를걸. 넌 없는 거나 마찬가지야. 착하게 굴어 봐야 소용없어."

눈물이 났다. 너무 맞는 얘기라서 속이 상했다. 마이크는 미련한 자신을 용서하기 싫었다. 벌하고 싶었다. 이제는 정말 글렀고 늦었고 망했다. 어느새 잠이든 엠마가 몸을 구르자 침대 메트리스가 다시 밑으로 쑤욱 꺼지며 마이크의 숨통을 틔웠다. 살 것 같았다. 동시에 죽고 싶었다. 마이크는 기다렸다. 곧 바닥이 흔들리고 벽이 갈라지면서 세상의 종말이 올 것이었다. 마이크는 천장에 매달린 전구가 흔들거리다 곧 밑으로 떨어져 깨지고 침대에 불이 붙는 광경을 상상했다. 뭐 하러 뜸을 들이는 거지. 마이크는 준비가 되었다. 왜 전구는 미동도 없는 걸까. 빌어먹을 고요함을 참을 수가 없다. 뭐라도, 아무 거라도. 그때 소리가 들렸다. 걱걱. 구억구억. 마이크는 두 눈을 꽉 감았다. 전구가 활동을 시작한 게 틀림없었다. 그그거걱걱. 구억구억. 마이크는 감았던 눈을 슬며시 떴다. 세상은 멀쩡했다. 대신 엄청나게 큰 소음이 방 전체를 장악했다. 마이크는 소리의 정체를 찾아 고개를 두리번거렸다. 구억구억. 소리는 엠마의 코에서 나오고 있었다. 아니 입인가. 엠마는 입을 쩌억 벌리고 완전한 잠에 빠져 있었다.

잠이 와? 그제야 멈추었던 시간과 피가 다시 흐르기 시작했다. 저러고도 잠을 잘 수가 있다고? 왜 그딴 게 억울한지 몰랐다. 망해야 할 세상은 여전히 그대로 있었고 전구는 두 눈 똑바로 뜨고 모든 일을 지켜보았는데도 깨질 생각을 하지 않고 몹쓸 침대는 부서지거나 불이 붙지도 않았다. 억울한 게 너무너무 많아서 일일이 나열하거나 세고 있을 겨를이 없는데도 마이크는 그중에서 제일 억울한 것을 고르라면 지금 저 여자가 한쪽 다리로 마이크의 배를 누른 채 자고 있는 것을 꼽겠다. 마이크는 자신의 이상한 집착 때문에 더욱 화가 났다.

나빴다. 모든 게 무지 나빴다. 금발 머리에 홀려 난민 캠프로 보내졌을 때보다 나빴다. 시궁쥐와 함께 방을 나누어 쓸 때보다 나빴다. 공용 재래화장실에서 똥을 쌀 때 저 깊은 바닥에서부터 올라온 오물이 도로 제 엉덩이에 튀었을 때보다 나빴다. 건달들에게 얻어맞은 데를 경찰이 또다시 몽둥이로 두드릴 때보다 나빴다. 아테네에서 온 대학생이 막내 웨이터 자리를 채갔을 때보다 나빴다. 아니 더 나쁜 경우를 생각해 내야 했다. 마이크는 여태껏 만났던 가장 나쁜 이들의 얼굴을 떠올려 보았다. 나쁜 놈들이 수도 없이 많았는데 하나도 생각나지 않았다.

마이크는 자신의 배를 짓누르고 있는 여자의 한쪽 다리를 겨우 밀어서 떨구었다. 절뚝거리며 걸어가 여자의 여행 가방을 뒤졌다. 어디에도 약품 통은 없었다. 위스키 병만 보였다. 마이크는 쭈그려 앉아 위스키 뚜껑을 열었다. 위스키를 몸 여기저기 뿌렸다. 이게 소독이 되는지 아닌지 알 수 없었다. 이러면 몸뚱이가 깨끗해지는지 아닌지 알 수 없었다. 울컥 눈물이 나왔다. 아니. 울면 당한 게 되고 만다. 그러므로 마이크는 방금 벌어진 사건을 애써 다른 쪽으로 보자고 스스로를 구슬렸다. 새로운 기억으로 채우는 것이 중요했다. 마이크는 위스키를 마시며 창

작에 매진했다. 집중이 잘되지 않았지만 지금은 결정적 순간이었고 이 순간을 놓치면 기억은 눌어붙어서 떨어지지 않을 것이었으므로 마이크는 머리를 굴렸다. 어디서부터 시작할 것인가.

마이 레이디는 꿈이 뭐예요?

그녀가 말한다. 난 너처럼 멋진 남자와 하룻밤 보내는 것이 꿈이야. 와우. 진짜요? 그래서 우리는. 그래 우리. 호텔로 들어왔는데. 거기까지 하다가 마이크는 숨소리를 듣고 현실로 튕겨져 나왔다. 여자가 숨을 쉴 때마다 풍선처럼 부풀어 오른 배가 올라갔다 내려앉았다. 여자의 입이 움찔거리더니 푸시식 바람 빠지는 소리가 들렸다. 볼에 허옇게 말라붙은 침 자국이 보였다. 여자는 몸을 부르르 떨며 허벅지 사이에 제 손바닥을 끼워 넣고는 몸을 동그랗게 말았다. 공 같군. 마이크는 여자의 몸이 공이 되어 굴러다니는 모습을 상상해 보았다. 여자는 공이 되어 여기 있다가 저기로 갔고 누군가 차면 저만큼 굴러갔다가 다시 또르르 굴러오고 또다시 굴러갔다. 공이 되어 버린 여자는 더 이상 사람을 해치지 않았고 스스로를 해치지도 못했다. 그렇게 공이 되어 버린 여자는 여기서 저기로 굴러다니다가 어느 순간 멈췄다. 푸시식. 안에 들어 있는 공기가 모두 빠진 탓이었다. 바람이 빠진 공은 찌그러지고 더러워지고 쪼그라들더니 쓰레기장으로 향했다. 이것이 최선일 것이다. 빵빵했던 공의 순리적 엔딩.

레이디는 꿈이 뭐예요?

내 꿈은 여기서 인생을 작살내는 거야. 엠마가 말했다. 이제 그만 멈추고 싶어. 공이 말했다. 내 꿈을 방해한 사람이 이 방 안에 숨어 있어.

"너야, 마이크."

아델의 목소리.

"네가 망쳤어 마이크. 네까짓 게 뭐라고. 감히 인생은 좋은 거랬지. 비키니를 입으랬지. 엠마에게는 꿈이 있었어. 스스로를 구원하고자 하는 꿈. 더러운 기분이 들 거들랑 뭐 오렌지꽃 향기에 날려 버리라고?"

오렌지꽃 향기는 맡아 본 적도 없었다. 그런 게 불어온대도 같이 날아가 버리지 않는 것이 있다. 몸뚱이에 끈적하게 달라붙어 떨어지지 않는 것. 아무리 씻어도 씻기지 않고 오렌지꽃 향기가 불어도 같이 날아가지 않는 것. 악취를 풍기며 들러붙어 영혼을 씹고 미래를 갉아먹는 것.

"낮엔 그걸 몰랐어."

마이크는 가슴이 졸아들었다. 죄가 너무 컸으므로 어떻게든

갚아야 하겠는데 무엇을 해야 좋을까.

"지금이라도 늦지 않았어. 도와줘. 마이크. 엠마가 원하는 대로 해 주라고."

아델이 속삭였다. 마이크는 벌떡 일어나 여행 가방을 뒤지기 시작했다. 옷. 구두. 화장품. 마이크는 이어폰을 손으로 쥐었다 놓았다. 너무 짧아. 다양한 사이즈의 지퍼 백을 많이도 챙겨 왔다. 마이크는 가장 큰 지퍼 백을 들고 안에 든 속옷을 쏟아 냈다. 그 속에 크게 숨을 불어넣자 공처럼 부풀어 올랐다. 다시 공기를 뺐더니 판판해졌다. 이제는 꿈을 이뤄 줄 차례. 마이크는 지퍼 백 안에 두 손을 넣고 침대에 누워 있는 공 위에 앉았다. 말캉한 것이 잠깐 아래로 쑤욱 내려갔다 다시 올라왔다. 마이크는 지퍼 백의 모서리를 잘 잡고 정성 들여 공의 얼굴에 씌웠다. 잠깐, 공에 얼굴이 있었나.

"딴 생각은 집어쳐, 마이크."

아델이 소리쳤다. 마이크는 집중해야 했다. 조심해야 해. 공은 여전히 빵빵했고 힘이 셌다. 괜찮다. 이제 마이크에게는 신념이 생겼다. 아까 어리석게 당한 건 마이크가 뭘 몰랐기 때문이었다. 제 주제도 모르고 엠마를 불쌍한 여자라고 단정하지 않았나.

"넌 그게 문제야 마이크. 착각 속에 살잖아. 또 있어. 마이크. 넌 세상이 좋은 곳이라고 더 나아질 거라고 기대했지만 뭐가 달라졌지? 기다려 봤자 그들에게 깨달음은 없어. 보여 줘. 네가 어떤 아이인지."

마이크의 얼굴이 뜨거워졌다. 보여 주고 싶다. 힘을. 실력을. 위치를. 마이크는 깔고 앉은 공을 힘주어 눌렀다. 힘겨루기는 전쟁이며 실패하면 죽음뿐이다. 공은 퉁퉁 튕기다가 바람을 스스스 빼면서 밑으로 가라앉았다. 마이크의 이마에서 땀이 흘렀다. 지퍼 백에 갇힌 여자의 얼굴엔 표정이 없었다. 눈물이 조금 났다. 이제 공에서 바람이 빠질 차례였다. 푸시식. 공은 피곤한 게임을 그만둘 것이다. 갈등과 반목이 없는 세계가 펼쳐진다. 세계 평화 만세. 넌 정말 좋은 애야. 잘했어. 엠마가 칭찬해 준다. 아니지. 이제 엠마는 없다. 공의 순리적 엔딩만 있을 뿐.

"잘 자요. 마이 레이디."

마이크는 공에게 인사를 건네고 방 한구석에 쪼그리고 앉아 있는 아델에게로 갔다.

"봤지? 난 착하지 않아."

마이크를 올려다보는 아델의 밤색 눈에는 초점이 없었는데 그건 아델이, 아 그건 여행 가방이었다. 마이크는 방문을 막고 있는 여행 가방을 가장자리로 치웠다. 이번에는 쉬웠다. 방문이 덜컥하고 열렸고 마이크는 방을 나왔다. 일 층 소파에 누운 노인은 텔레비전을 켠 채로 졸고 있었다. 마이크는 그 옆에 앉아 같이 텔레비전을 봤다. 텔레비전에서는 좀비들이 도시를 장악하고 서로 죽이고 있었다. 2년 전에 마이크가 보고 싶어 했던 영화였다. 영화는 엉망이었다. 스토리도 엉망. 배우들 연기도 엉망. 세상 전체가 망한다는 설정도 엉망. 마이크는 지루해져서 호텔 밖으로 나갔다. 문밖에는 망하지 않은 세상이 그대로 있었다. 마이크는 그 속으로 절뚝절뚝 걸어 들어갔다.

공의 순리적

엔딩

여름이라고 계속 덥지는 않았다. 간밤에 내린 비는 뜨겁게 달아오른 지붕의 열기를 반쯤 식혔고 부겐베리아의 젖은 잎사귀 덕분에 아침 공기는 상쾌했다. 이른 시간부터 내리쬐는 뜨거운 태양이 습기를 빨아들이고 나면 나무 그늘은 늘 그렇듯 보송보송해질 것이다. 덕분에 오늘 청소일은 덜었다. 하지만 노동의 총량은 어제나 오늘이나 내일이나 늘 같다는 것을 마리아 아줌마는 오랜 경험을 통해 알고 있었다. 카테리나가 없으니 부엌일은 오늘도 마리아 아줌마 혼자서 처리할 일이다. 브래디 핸더슨 씨가 좋아하는 가지와 버섯 장작 구이 말고도 갖은 야채의 속을 파고 그 안에 허브와 쌀과 올리브오일을 버무려 넣은 다음 세 시간 이상 오븐에 구워 내는 가정식 요리 게미스타도 여간 손이 가는 게 아니었다. 한 달 전에 시골에서 사 온 염소젖으로 숙성시킨 페타 치즈는 또 어떻고. 요새는 다들 이렇게까지 하지 않는다. 마리아 아줌마는 마지막 기회라는 생각으로 그의 입맛을 돋우어 핸더슨의 주방에 어떻게든 붙어 있을 작정을 하고 있었다.

빨간 고추의 씨를 빼고 마당에서 민트 잎을 한 움큼 뜯고 있을 때 정장 차림의 사내 둘이 들이닥쳤다. 이런. 벌써 오신 겐가? 점심 때나 올 줄 알았는데. 하긴 주인이야 언제든 들이닥쳐 직원들의 품행을 감독할 권리가 있는 것 아니겠는가. 아무리 그래도 그렇지. 오늘 같은 날은 깨끗하게 빨아 놓은 흰색 상의와 셰프 모자를 챙겨 쓴 차림으로 격식 있게 새로운 사장을 맞이하고 싶었건만. 마리아 아줌마는 흙 묻은 손을 앞치마에 비벼 털고 손님을 맞으러 나갔다. 그런데 웬걸. 눈앞에 나타난 사내는 부겐베리아의 새로운 주인이 아니었다. 콧수염을 짧게 기르고 셔츠를 팔꿈치까지 접어 입은 남자가 지배인과 인사를 나누고 있었다. 또 다른 남자는 나서지 않고 뒤에 가만히 서 있었다. 예감이 좋지를 않아. 마리아 아줌마가 가까이 다가가자 콧수염이 격식을 차리며 인사했다.

"안녕하세요, 부인. 바쁘신데 아침부터 죄송하게 되었습니다."

"그러게 말이우."

마리아 아줌마는 그가 내보이는 경찰 배지를 건성으로 보는 척하며 고개를 끄덕였다. 아침부터 경찰이 들이닥치다니. 이게 다 무슨 일이래.

"마이크 때문에 오셨답니다."

지배인이 마리아 아줌마에게 짜증스럽다는 눈빛을 보냈다.

"몇 가지 물어볼 말이 있답니다."

그가 재차 마리아 아줌마에게 콧수염 사내의 요지를 전달했다. 지배인은 마이크에 관해서라면 아는 것도, 해 줄 말도 없었다. 녀석이 대체 무슨 사고를 쳤기에 경찰 나리들이 아침부터 납시었는가. 그것도 오늘 같은 날. 지배인은 하루가 시작되기도 전에 끼어든 불순물 탓에 기분이 완전히 잡쳤다. 그러니 녀석에 관한 건 보육원 원장에게 맡기고 다른 일로 넘어갈 작정이었다.

"그 애에 관해서라면 마리아 부인이 잘 아세요. 궁금한 게 무엇이든 부인께서 성실하게 답변해 주실 겁니다. 그럼 저는."

"지배인께서도 자리에 합석해 주시죠? 몇 가지 중요한 사항이 있어서요."

콧수염은 가까운 테이블을 손으로 가리키며 앉으라는 시늉을 했다. 지배인은 역할이 뒤바뀐 것이 분해서 어쩔 줄을 몰랐다.

이른 시간부터 남의 영업장에 들이닥친 것도 모자라 주인 행세까지 하고 있지를 않나. 콧수염은 의자를 뒤로 끼익 빼고 마리아 아줌마를 자리에 앉힌 다음 테이블 사이를 바쁘게 오가는 미할리스를 향해 손가락을 튕겼다.

"여기. 물 좀 주시겠습니까?"

벌써부터 땀에 젖은 미할리스가 어이없다는 표정으로 콧수염을 보았다. 안 그래도 바빠 죽겠는데 성가시게 물심부름을 해야 하나. 지배인은 보아하니 짜증이 나서 죽을상이고 마리아 아줌마는 긴장한 표정이었다. 미할리스는 유리병에 수돗물을 채우고 레몬 한 조각을 빠뜨린 다음 잔 네 개를 가져와 테이블에 쾅 소리 나게 내려놓았다.

"무슨 일이쇼. 경찰 나리?"

"미할리스. 이분들이 마이크에 대해 알고 싶으시대."

마리아 아줌마가 초조한 눈빛으로 말했다.

"에? 녀석이 무슨 사고 쳤어요?"

미할리스가 팔짱을 끼고 도전적인 눈빛으로 콧수염을 내려다보았다.

"어이구. 마이크에 대해서 잘 아는 사람 또 한 분 계시네요. 여기 잠깐 좀 앉으시겠습니까?"

"왜 이래요. 한낱 웨이터가 뭘 이런 자리에. 존경하는 지배인님, 셰프님이랑 말씀 나누시죠. 전 오늘 귀한 손님이 오시는 날이라 테이블 세팅해야지 커트러리 정리해야지 아주 정신 사나워요."

"척 봐도 베테랑이시네요. 여기서 일하신 지 꽤 되셨나 봅니다?"

"제가 최고참이죠. 이제 4년째 되려나? 하하."

미할리스는 저도 모르게 지껄이고서 곧장 후회했다. 콧수염이 미할리스를 향해 입맛을 다시는 중이었다. 그는 예의바르게, 그러나 권위적인 몸짓으로 미할리스를 테이블에 초청했다. 미할리스도 마리아 아줌마처럼 엉덩이를 의자에 걸치고서 그의 입에서 튀어나올 이야기를 기다리는 신세가 되었다. 미할리스는 콧수염이 그다지 맘에 들지는 않았지만 지배인이 심통 나 있는 꼴을 보자 조금은 속이 후련했다. 브래디 핸더슨 씨가 새로운 식당의 주인이 되거나 말거나 미할리스 입장에서는 조금도 초조해할 이유가 없었다. 그는 베테랑 웨이터였고 어딜 가도 이만한 직장은 구할 수 있다는 것이 미할리스의 생각이었다. 브래디 핸더슨 씨가 거대 자금을 투자해서 술집을 차리든 호텔을 세우든 웨이터 처지에서 볼 때 무슨 차이라고. 미할리스가 보건데 어차피 지배인이라는 작자가 앞길을 막고 있는 한, 부겐베리아가 뭐가 되건 무슨 상관인가. 미할리스는 지배인이 억지로 앉아 있는 꼴을 보자 되려 기분이 좋아져서 물었다.

"왜요 경찰나리, 우리 마이크가 뭐 사람이라도 죽였대요?"

미할리스가 싱글거리며 묻자 지배인이 더욱 화난 표정으로 그를 쏘아봤다.

"솔직히 말씀드리자면. 흠흠."

콧수염이 목을 가다듬었다.

"마이크가 살인 사건에 연루된 것으로 보입니다."

"에?"

미할리스가 고함을 질렀다.

"살인 사건이요?"

지배인은 처음에 웃었다. 마리아 아줌마가 옆에서 같이 바람 빠지는 소리를 냈다. 두 사람이 의견 일치를 볼 때가 있다는 것이 단 하나 긍정적인 면이었다. 그러나 콧수염의 표정을 보건데 두 사람은 완전히 엉뚱한 반응을 보인 것이 분명했다. 이제 세 사람의 눈에 그가 물러 빠진 동네 순경에서 강력 사건을 맡은 형사로 보이기 시작했다. 마리아 아줌마는 갑자기 몸속의 관절이 물렁해지는 걸 느꼈다. 그대로 놔두었다가는 뼈들이 녹아서 다시는 일어설 수 없을지도 몰랐다. 도무지 현실감이 없다. 살인 사건? 마이크가 관련됐대.

"방금 한 말은 진짜 헛소리였어요. 허튼 농담이죠. 저기. 그 앤 그런 짓을 벌일 시간도 없다고요. 젠장!"

미할리스는 혼자서 욕을 지껄이다가 경찰이 보는 앞에서 셔츠를 벗어 던지고 마당 한가운데 널어놓은 마른 새 셔츠를 걷어서 입었다.

"셔츠를 자주 갈아입으시나 봅니다?"

콧수염이 미할리스를 힐끗거리며 물었다.

"네? 아, 네. 땀을 자주 흘려서요. 웨이터는 그런 꼴을 보이면 안 되죠. 그러니까 셔츠는 됐고. 그래서 그 애가 뭘 어쨌다고요?"

미할리스가 흥분해서 소리치자 지배인이 한쪽 팔을 들고 진정하라는 신호를 보냈다.

"놀라셨겠지만 이제 차분히 제 질문에 답변을 좀 해 주셔야겠습니다. 어제 마이크를 마지막으로 본 건 언제였죠, 부인?"

마리아 아줌마는 늦은 오후쯤 밀어닥친 손님들을 먹이느라 녹초가 되었고 퇴근 때가 돼서야 마이크가 없다는 걸 눈치챘다. 마이크. 유령 아이. 그 애가 하는 일에 대해서 경찰관들에게 어디까지 얘길 해 줘야 하나.

"녀석은 폐장 때쯤 들어왔어요."

미할리스가 나섰다.

"아주 지쳐서 길고양이처럼 들어왔더라고요. 마리아 아줌마
가 남겨 둔 빵 부스러기를 좀 쥐어 줬고 금방 떠났어요. 그때가
아마 열한 시쯤 됐을 겁니다."

"주방 쓰레기를 버리는 아이죠. 주방 쪽으로 들락날락하니까
저는 그다지 신경 안 씁니다. 셰프가 알아서 할 일이죠. 제 관할
은 아무래도 홀과 손님들이니까요."

지배인은 마이크에 대해서 아는 바가 없었다. 부겐베리아의
총책임자가 있지도 않은 유령 아이를 왜 알아야 하는가. 그것
도 살인 사건에 관련된 아이라면 더더욱 말이다. 지방 경찰이
하필 브래디 핸더슨 씨가 오는 날 들이닥쳤다. 얼씬거리지도 말
라고 그렇게 주의를 주었건만 마이크는 전면에 주인공으로 등
장했다.

"성실한 애예요. 나쁜 짓거리랑은 거리가 멀지."

마리아 아줌마가 혼잣말처럼 중얼거렸다. 경찰관들이 들이닥
치기 전까지 별다른 의심 없이 그렇게 믿고 있었다. 그런데 진
짜 그런가. 마이크가 밖에 나가서 뭘 하고 돌아다니는지 알게

뭔가. 그 애가 어디서 누구와 사는지도 마리아 아줌마는 몰랐다.

"그러니까 여러분은 모두 그 애가 살인을 저지를 만한 자질이 없다고 생각하시는 겁니까?"

경찰관이 물었다.

"자질이요?"

지배인이 되물었다.

"그것도 빌어먹을 자질이 필요해요?"

미할리스가 팔짱을 꼈다.

"암. 녀석은 그런 배짱이 없어. 됐수? 답답해 미치겠구먼. 그 애가 대체 뭘 어쨌기에?"

마리아 아줌마가 손바닥으로 부채질을 시작했다. 아침 햇살이 마리아 아줌마의 얼굴 절반을 데우고 있었다.

"마이크가 자수를 했습니다. 자신이 캐나다에서 온 여성 관광객을 죽였답니다."

콧수염이 입을 열었다.

"어젯밤. 어느 호텔에서요."

나머지 경찰관이 덧붙였다.

"젠장!"

마리아 아줌마가 앞치마로 얼굴을 쓸었다. 지배인은 재킷의 단추를 하나 풀었다. 갑자기 너무 더웠다. 미할리스는 셔츠를 벗다 말고 다시 입었다. 그게 마지막 셔츠였다.

"그, 그 앤 지금 어디 있수?"

마리아 아줌마가 물었다.

"그게……."

경찰관이 머뭇거렸다.

"뭘 물어요. 유치장에 갇혔겠지. 지랄. 어쩌다? 그러니까 경찰 나리들, 걔가 직접 그러거나 그런 건 아니죠? 딴 녀석들이 그랬겠지. 마이크는 그럴 애가 아니에요."

미할리스가 머리통을 부여잡고 신음했다.

"그런데 이게 대관절 우리랑 무슨 상관입니까?"

지배인이 차갑게 한마디했다.

"미친!"

마리아 아줌마가 지배인을 노려보았다.

"핸더슨 씨가 오신다고요! 이 꼴을 보면 뭐라고 하시겠어요? 다들 일자리 잃고 거리에 나앉고 싶어요?"

지배인이 지지 않고 대들었다.

"당신은 지금 그 딴 게 문제야? 진짜?"

마리아 아줌마가 앞치마를 풀어서 테이블 위로 던졌다.

"하, 그럼 뭐가 문젭니까? 그 애는 진작부터 여기 있어서는 안 됐어요. 특히 오늘은!"

"고스트."

미할리스가 넋이 빠진 채로 중얼거렸다.

"뭐요?"

양복 차림의 경찰관이 끼어들었다.

"당신 지금 뭐라 그랬소?"

"유령이요. 마이크는 여기서 유령으로 통하죠. 있지만 없는 존재. 사람들 눈에 띄면 안 돼요. 특히 새로운 사장 앞에서는 더더욱."

미할리스가 두 손으로 얼굴을 쓱 쓸어내렸다.

"설마 그 애 말을 곧이곧대로 믿은 건 아니겠죠, 경감?"

마리아 아줌마가 곤혹스런 표정으로 말했다.

"경사요."

턱수염 사내가 말을 정정했다.

"뭐 어쨌거나. 당신, 일을 참 잘하겠수. 딱 그렇게 생겼어. 곧 경감이 될 거유. 그러니까. 그 애가 무슨 싸움에라도 휘말린 겁니까? 당최 이해가 안 되놔서."

"이해가 안 되는 건 저희도 마찬가집니다."

경사가 허리에 찬 곤봉을 만지작거리며 말했다.

"우리는 곧장 현장으로 출동했습니다. 아이는 아주 침착했어요. 길을 잘 알고 있더군요. 그 애가 알려주는 대로 운전해서 도착한 곳은 아주 허름한 호텔이었어요. 아니. 장기 투숙객을 위한 렌트 하우스였죠. 요새 레팀노에 그런 데가 많습니다. 과거에 호텔이었을 겁니다. 호텔 간판이 그대로 붙어 있더군요. 대형 프랜차이즈 호텔들이 우후죽순 들어선 이후로 로컬 호텔들은 아예 그런 식으로 운영이 되지요. 직원은 없었어요. 무인으로 운영되는 곳이었죠. 사건 현장 치고 너무 조용했어요. 그애를 따라서 계단을 올랐습니다. 먼지 때문에 목이 콱 막히더군요. 전형적인 호텔 구조였고 아이는 204호를 가리켰어요. 우리는 방으로 천천히 진입했습니다. 피해자가 살아 있을 가능성을 대비해서 구조반도 따라 들어갔습니다. 방은 너무 좁았고 바닥에는 위스키 병과 옷가지가 마구잡이로 쏟아져 나와 있었어요."

경사는 목이 타는지 도중에 물컵을 들고 홀짝였다. 미할리스는 경사가 너무 뜸을 들인다고 생각했지만 겉으로 티내지는 않았다. 경찰을 건드려서 좋을 게 뭔가. 지배인은 경사가 자기 턱에 흘린 물을 손수건으로 천천히 닦는 모습을 지켜보았다. 도

무지 알 수가 없군. 저 치는 아까부터 시간을 끌고 있었군. 마치 우리들 중에 또 다른 용의자가 숨어 있는 것처럼 굴고 있다. 세 사람의 반응을 살피고 여유를 부리면서 긴장과 짜증을 일부러 돋우고 있다. 마이크가 자수를 했다면 굳이 여기까지 올 이유가 없지 않은가. 지배인은 자신의 컵에 물을 따라 목을 적셨다.

"미치겠군! 그러니까 핵심만 간추려 알려주면 안 되겠소?"

지배인이 결국 신경질을 부리며 말했다.

"아, 거의 다 왔습니다. 모든 정황 하나하나가 무척 중요합니다. 사건이 워낙 묘해서 말이죠. 저 스스로도 납득이 되려면 이런 과정이 필요합니다. 진짜 그렇습니다. 마이크는 침대 위에서 여자를 질식시켰다고 진술했습니다. 하지만 캐나다인 여자는 거기 없었어요."

"없다뇨? 시체가 사라졌다. 그 말씀입니까?"

미할리스가 소리쳤다.

"잘됐구먼!"

마리아 아줌마는 아까부터 질근질근 씹던 담배를 바닥에 침과 함께 탁 뱉었다.

"그러니까 경사, 마이크 녀석이 정신이 나가서 있지도 않은 사건을 꾸몄다는 거 아녀. 죽은 사람은 없고. 그러니까 죽인 사람도 없지. 사건 종결이구먼. 그런데 대체 뭐가 고민이슈?"

마리아 아줌마는 기분이 좋아져서 자리에서 벌떡 일어섰다. 딱 한잔만 해야겠다. 처음 경사의 등장부터 여기까지. 가슴이 벌벌 떨려서 죽는 줄 알았다. 저 경사는 섬마을에서 벌어진 오랜만의 살인 사건에 얼씨구나 했겠지만 아무래도 사람이 죽어나가지 않는 것이 훨씬 나은 결말 아닌가.

"잠깐만요. 아직 제 얘기는 끝나지 않았습니다. 좀 앉으시죠."

경사가 마리아 아줌마를 제지하며 말했다.

"침대 위에는 대신 이것이 있었습니다."

경사가 자신의 가방에서 사진 한 장을 꺼내며 말했다. 마리아 아줌마는 담배에 기어이 불을 붙였다. 사진 따위 보고 싶지 않았다. 보나마나 끔찍한 게 있을 거였다. 세 사람이 간신히 눈을 고정하고 사진을 보았을 때 미할리스가 웃음을 터뜨렸다.

"뭡니까. 장난해요?"

침대 위에는 곰 인형이 누워 있었다. 물에 흠뻑 젖은 곰 인형의 털은 붉은색이었고 눈은 마치 사람처럼 푸른색이었다. 그게 이상하다면 이상하달까. 저렇게 큰 인형은 대체 어디서 팔지. 마리아 아줌마는 그게 궁금했다.

"인형 얼굴이 짜부라졌는데요?"

미할리스가 사진을 가리키자 경사가 설명했다.

"잘 보셨습니다. 가정용 지퍼 백입니다. 그 안에 억지로 쑤셔 넣은 거죠."

"지퍼 백 사이즈가 엄청 큰가 보네. 인형 머리가 보통 큰 게 아니구먼."

마리아 아줌마가 말했다.

"그렇습니다."

경사가 대답했다.

"하. 그러니까 이게 마이크가 죽였다고 고백한 그 캐나다 여자란 말이죠?"

미할리스가 물었다.

"그런 셈이죠."

"그럼 그 여자는 찾았수?"

마리아 아줌마의 합리적인 질문에 경찰은 못마땅한 표정을 지었다.

"무슨 여자 말씀이세요?"

"마이크가 죽였다는 여자 말이우. 그 캐나다 여자."

"마이크가 지어낸 인물이겠죠."

"지어냈다? 그 애가 거짓을 자백했다는 거유?"

"그러니까 부인. 저희가 알고 싶은 게 바로 그 점입니다. 그 애는 믿을 만합니까? 정신이 좀 이상한 것 같아서요. 그날 밤 호텔방에 다른 여자애도 있었다고 증언했는데요. 그럼 공범이냐고 했더니 그건 아니랍니다. 여자애는 일이 벌어지는 동안 그냥 구경만 했고 방을 나갈 때 다시 보니까 가방이었대요. 하지만 여행 가방이 되기 전에는 분명 여자아이였답니다. 이러고도 우리가 그 녀석 말을 곧이곧대로 믿어야 되겠습니까?"

경사는 자신의 혼란을 지배인 혹은 미할리스 혹은 마리아에게 떠넘기고 싶은 듯했다.

"그러니까 경사님, 우리더러 어쩌라는 겁니까? 이 인형을 본 적 있냐고요? 이런 것도 사건입니까? 정신 나간 녀석이 길에 버려진 곰 인형을 침대에 눕혀 놓고 지퍼 백을 씌웠으면 그게 곰 인형 살해 사건이 되는 겁니까? 대체 그 미친 녀석은 어디에다 두고 여기 와서 우리를 괴롭히는 겁니까?"

지배인이 짜증 섞인 목소리로 말했다.

"저어."

경사가 말을 얼버무렸다.

"그게 말입니다."

다른 수사관이 나섰다. 여태 배경처럼 서 있던 사내였다.

"어디 있는지는 저희도 모릅니다."

"모르다니?"

마리아 아줌마가 소리를 치자 두 사람이 서로 눈빛을 주고받았다.

"죽었어요?"

"아, 아닙니다. 사라졌어요. 그 애는 처음에는 곰 인형을 보고 겁에 질린 표정이었어요. 그러다가 발작적으로 웃음을 터트렸어요. 뭐야 당신도 고스트였어? 그 애는 그렇게 소리쳤어요. 곰 인형을 붙들고 웃다가 울다가 그대로 뛰쳐나간 거예요. 그러다 그만."

"그러다 그만?"

마리아 아줌마가 손으로 부채질을 해 댔다.

"계단에서 굴렀어요."

경사가 말했다.

"아주 공처럼 굴렀죠."

다른 수사관이 덧붙였다.

"공처럼?"

"네. 공이요. 몸을 동그랗게 말고 통통통 그렇게 계단을 굴러서 일 층에 떨어졌어요. 보통 사람이 계단을 구르면 머리가 밑으로 곤두박질치면서 주욱 미끄러지잖아요. 머리가 무거우니까요. 이상하게도 그 아인 몸을 공처럼 말고 아주 작정한 것처럼 구르더라고요. 저는 그때 계단 위에 서 있었는데요. 그 애 몸이 진짜 공처럼 보였죠. 로비를 지나서도 말린 몸이 풀리지 않고 그대로 현관문을 밀고 밖으로, 바깥으로 휙."

"이런 미친! 휙 튀어 나갔다고?"

"맞습니다. 금방 저희가 뛰어나갔지만 희뿌연 안개가 시야를 온통 가로막았어요. 비가 그치면서 안개로 변했나 봐요. 앞이 정말 하나도 보이지 않았어요. 새벽 네 시 경이었고 거리에는 사람도 차도 없었어요. 플래시를 켰지만 전혀 도움이 되지 않았어요. 마이크는 안개 속에 완전히 모습을 감췄습니다. 저희는 팀을 나누어 수색을 해 봤지만 소용없었어요. 그러니까 여러분, 마이크는 지금쯤 어디 있을까요?"

자기들이 잃어버린 애를 여기 와서 찾고 있네. 수사관들이 이런 얘기를 하고도 부끄럽지 않은가 보다. "환장하겠네!" 마리아 아줌마가 중얼거렸다. 수사관이라면 좀 더 객관적이고 과학적으로 사건을 전개해 나가야 하는 것 아닐까.

"마이크 사진 혹시 있습니까?"

"사진?"

세 사람이 동시에 되물었다.

"그런 건 없는데요."

그러게. 몇 년을 같이 지냈는데 마이크 녀석과 함께 찍은 사진 한 장이 없네그려. 어디 사는지도 모른다. 친구를 본 적도 없다.

"그럼 인상착의를 좀 알려주시죠. 몽타주라도 그리게요. 이거야 원. 대체 몇 년도 수사 방식인지 모르겠습니다만."

"당신들도 보지 않았습니까?"

지배인이 날카롭게 되물었다.

"그렇긴 합니다만. 너무 짧은 시간이었고. 현장으로 출동하느라 사진을 찍어 놓을 새도 없었어요."

경사가 얼버무렸다.

"그 앤 참 잘 생겼어."

마리아 아줌마가 싱긋 웃으며 말했다.

"구체적으로 얘기해 주세요."

"그야. 피부는 진한 갈색이고 키는 제법 크고."

"그거야 그쪽 애들이 다 그렇게 생겼죠. 마이크만 가진 특징 같은 거요."

"특징? 그러게. 그 애가 어떻게 생겼더라. 막상 떠올리려니까 이상하게 기억나는 게 없구먼."

마리아 아줌마가 고개를 갸웃거렸다.

"녀석은 일 나갈 때 항상 청바지를 입었어요. 그니까 뭐랄까. 그게 녀석한테는 정장이나 다름없었어요."

미할리스가 중얼거렸다.

"어차피 다 필요 없습니다. 난 봤어요."

젊은 수사관이 나섰다.

"그 애는 더 이상 마이크가 아니었다고요. 그 애는 공이 되었어요."

"망할 헛소리 좀 그만하게."

경사가 다그쳤다.

"제가 가장 먼저 쫓아 내려갔죠. 현관문 앞에 섰는데 제 발끝에 뭔가 툭 하고 닿았어요. 제가 그걸 뻥 찼다고 말씀드렸던가요? 처음엔 발끝으로 톡톡 두드렸다가 나중에 그냥 뻥 찼어요. 공은 어딘가로 휙 날아가서 통통통 떨어졌고요. 전 아직도 마이크를 제가 날려 버렸다고 생각해요. 아마 지나가던 차에 치여서 바람이 다 빠졌을지도 몰라요. 그럼 제가 죽인 셈이죠."

수사관은 멍한 표정으로 마리아 아줌마를 보았다.

"그렇다면 당신을 조사해야 되겠구려."

마리아 아줌마가 담배를 접시에 비벼 끄면서 말했다.

"마이크가 공이 된 걸 확신했다면서 왜 차 버렸수?"

"그냥, 본능 같은 겁니다. 공은 차라고 있는 거니까요."

젊은 수사관은 어깨를 한 번 으쓱했고 마리아 아줌마는 두 번째 담배를 꺼내 들었다. 공은 차라고 있다? 요리사는 요리를 하라고 있고 지배인은 식당을 경영하라고 있고 호객꾼은 손님을 끌어오라고 있지. 그런데 마이크는 공이 되었고, 그래서 찼다?

"어차피, 그 앤 공이 되기 전에도 여기저기서 차였어. 그러니까 그게 그 애의 정해진 운명이었구먼. 젠장."

마리아 아줌마가 불도 붙지 않은 담배를 입에 넣고 씹어 댔다. 경사가 보기에 여기서 더 이상 나올 것은 없어 보였다. 식당 사람들은 마이크에 대해서 아무것도 몰랐다. 마이크가 사는 곳이나 어울리는 친구들. 심지어 마이크의 출신지에 대해서도.

"다마스쿠스? 거기가 어딘데요?" 지배인은 도로 경사에게 그렇게 물었다.

"우리야 그렇다 치고. 보육원 원장은 뭐 아는 거 있으쇼?"

미할리스가 묻자 마리아 아줌마가 고개를 저었다.

"진짜. 유령 아이네요."

경사가 말했다.

"고스트."

미할리스가 고개를 끄덕였다.

"우리 모두 그렇게 불렀죠."

지배인이 말했다. 두 경관은 그만 일어나자는 눈빛을 주고받았다.

"들으셨는지 모르겠지만 배가 뒤집혔답니다. 필로스 앞바다에서요."

젊은 경관이 자리에서 일어서며 말했다. *끄그극.* 의자가 바닥을 긁으며 소리를 냈다.

"쯧쯧. 또 밀항선이구먼. 어쩌다?"

"너무 많이 탄 거죠. 사고 직전에 그리스 해안 경비대가 접촉을 했대요. 도움이 필요하면 도와주겠다고요. 그런데 자기들은 그냥 이탈리아로 갈 거라면서 거절했다는 겁니다. 아이들이 많이 죽었어요."

젊은 경관이 앉았던 의자를 제자리에 도로 넣으며 말했다.

"근데 그 난민들이 그렇게 된 거랑 지금 우리랑 또 무슨 상관입니까?"

지배인이 사납게 쏘아붙였다.

"이런 망할! 사람들이 죽었다잖어? 그리스 앞바다에서. 그게 우리랑 상관이 없어? 제기랄. 언제부터 우리가 이 지경이 된 거유. 처음에는 다 받아 줄 것처럼 응? 다 같은 세계 시민인 것처럼 굴다가 저들 살길 바쁘니까 밀어내고 잡아 대니까 도와준대도 도망친 거 아닌가? 쯧쯧. 지배인 너는 물에 빠졌는데 살려 달라고 외치지 못하는 심정을 상상해 봤어?"

"칫. 바보들이나 그러죠!"

지배인이 신경질을 내면서 자리에서 일어섰다.

"아마 마이크도 그런 배를 타고 왔겠죠."

젊은 경관이 침울한 표정으로 모두에게 경례를 하고는 자리를 떴다. 두 경관은 들어올 때만큼이나 조용히 부겐베리아를 빠져나갔다. 미할리스는 기지개를 켜면서 테이블 정돈을 하러 갔고 지배인은 시계를 봤다.

"이런. 벌써 두 시예요. 준비합시다."

두 남자가 테이블을 떠나고도 마리아 아줌마는 한참 동안 그 자리에 앉아 있었다. 뭐가 뭔지 모르겠네. 가슴골에 땀이 그득했다. 손에도 등허리에도 땀이 찼다. 바보같이. 도와 달라고, 배가 가라앉는다고. 도움을 왜 못 청해. 응? 살려고 탄 배다. 그

배가 죽음인 줄도 모르고 돈을 삶을 희망을 실었다. 마리아 아줌마는 허리가 저려 왔다. 그런데 그걸 꼭 말로 해야 알아듣나. 척 보면 몰라. 배가 기울고 있었다는데. 물어봐야 했을까. 여기서 바보는 누구인가. 마리아 아줌마의 심장이 덜컥 내려앉았다. 오케이. 녀석은 늘 그렇게 말했었다. 전 괜찮아요, 아줌마. 마이크의 까맣고 꽹한 눈망울. 젖은 청바지에서 냄새가 난다고 바지가 그것밖엔 없냐고 타박한 적이 있었다. 녀석아. 넌 대체 어떤 삶을 살고 있었던 거냐. 마리아 아줌마는 가슴을 탕탕탕 두드렸다. 도움이 필요하다고 살려 달라고. 그걸 입 밖으로 꺼내야만 알아들어. 상대의 처지를 상상할 수 있는 능력. 그걸 우린 모두 잃고 말았어. 다른 건 몰라도 그런 자질 하나씩은 가지고 살았어야 하는 거 아닐까. 마리아 아줌마는 밤새 비를 맞고 바닥으로 흩어진 부겐베리아 꽃을 보았다. 꽃은 나무에 달렸을 때만 보기 좋았다. 떨어진 꽃은 쓰레기나 진배없지.

"갈리 메라! 좋은 날이에요, 마리아 부인!"

새로운 주인이 마당으로 들어서고 있었다. 곱슬거리는 금발에 갈색으로 그을린 얼굴, 옅은 분홍색 양복이 잘 어울린다. 바람이 살짝 불자 그의 잘 다려진 린넨 셔츠가 풀렁거렸다. 지배인은 방금 왔다간 두 수사관에 대해서는 아무런 언급도 하지 않을 테지. 마이크는 처음부터 없는 아이였으니 사라졌대도 이상할 건 없었다.

"밤새 무슨 일이 일어났는지 아세요, 부인?"

그는 말을 떠벌이는 스타일은 아니었지만 잔뜩 흥분해 있었다.

"그 바다에 빠진 애들?"

"바다거북들이 해변에 떼로 들어왔답니다!"

브래디 핸더슨이 활짝 웃으며 말을 가로챘다.

"그걸 운 좋은 관광객이 포착해 유튜브에 동영상을 올렸는데 아주 난리가 났죠. 아침부터 관광객들이 바다거북의 흔적이라도 보겠다고 모여 들고 있어요. 세상에. 좀 보실래요? 진짜 장관이죠. 누가 알았겠어요? 녀석들이 이렇게 도시화된 레팀노 해변에 모여들다뇨. 카레타 카레타라고 부른다죠?"

마리아 아줌마는 브래디 핸더슨이 내민 스마트폰 대신 그의 들뜬 얼굴을 쳐다보았다. 그는 진심으로 기뻐하고 있었다. 자기 인생에 어떠한 보탬이나 관여가 없었던 카레타 카레타의 귀환을. 잘생긴 얼굴은 잡티 하나 없이 깨끗했고 선량한 기쁨으로 반짝였다. 그는 절대 모를 것이었다. 여기 누가 있었고 누가 나갔는지를.

"그러게 말이우. 하지만 별로 놀랍지도 않수. 어느 순간에 우리가 뭘 보게 될지 어떤 물건으로 변하게 될지는 알 게 뭐냐는 거지. 그게 참. 놀랍지가 않아, 핸더슨 씨."

마리아 아줌마는 앞치마를 두르며 컴컴한 부엌으로 들어갔다. 작게 뚫린 창으로 들어온 햇빛이 테이블에 늘어놓은 송로버섯에 가느다란 조명처럼 비추고 있었다. 마리아 아줌마는 발사믹 식초에 버섯을 재우고 커다란 나무 도마에 토마토를 올려 썰기 시작했다. 너무 익은 토마토의 붉은 살이 마리아 아줌마의 볼에 튀었다. 손등으로 얼굴을 쓸어내리자 토마토의 물컹한 살이 입술 사이로 들이쳤다. 시큼한 맛이 났다. 다음 차례로 도마 위에 양파를 올렸다. 망할 양파는 아무리 자주 썰어도 매번 눈물이 났다. 마리아 아줌마는 잠시 칼질을 멈추었다. 너무 조용했다. 마리아 아줌마는 덥지도 않으면서 선풍기를 돌렸다. 오래된 선풍기가 쎄 소리를 내며 왼쪽에서 오른쪽으로 고개를 저으며 움직였다. 부엌 바닥에 아무렇게나 처박아 두었던 비닐봉지들이 선풍기 바람에 휙휙 날아다녔다. 이거야 원. 살아 움직이는 유령 같구먼. 하긴 오래된 부엌에는 유령이 여럿 산다는 말이 있지. 이제야 말이 되는구먼. 처음부터 진짜 유령이었던 게지. 마리아 아줌마는 눈가에 남은 눈물자국을 훔치고 양파를 마저 썰었다. 비닐봉지는 부엌을 여기저기 풀럭거리면서 날아다녔고 마리아 아줌마는 그중 하나를 낚아챘다. 그 안에 어제 남은 빵 덩어리를 집어넣고 꽁꽁 묶었다. 비닐은 빵빵하게 부풀어올랐다. 마리아 아줌마는 공처럼 생긴 비닐봉지를 그대로 쓰레기통에 휙 던져 버렸다. 순리적 엔딩이었다.

작가의 말

고등학교 때 친구와 내기를 했다. 미국이 걸프전을 벌일까. 당연. 친구가 말했다. 요즘 세상에 전쟁은 무슨. 내가 말했다. 결국 내기에 졌고 밥을 샀다. 나만 몰랐지 세상은 늘 전쟁 중이었다.

책을 다 썼는데도 시리아 내전은 끝나지 않았고 새로운 전쟁만 더 늘었다. 러시아가 우크라이나를 침략한 지 2년이 되어 간다. 며칠 전에는 하마스 무장단체가 이스라엘 시민들을 학살했다. 분노한 이스라엘 정부는 하마스의 전멸을 계획 중이며 유태인 청년들은 명예와 정의를 찾으려 무기를 들고 고향으로 향한다. 그 땅에는 이미 너무 많은 아이들과 민간인이 죽었는데도.

전쟁에 고귀한 사명이 있기는 한가. 피와 억울한 죽음뿐 아닌가. 그 와중에 미국이 이스라엘로 보낸 항공모함의 규모를 보며 나는 감탄한다. 진짜 영화 같은데? 영화보다 더 비싸고 더 실감 나는 전쟁이 이제 막 시작되는 중이다.

실시간으로 벌어지는 남의 전쟁을 구경하기 위해 끊었던 〈뉴욕 타임스〉를 구독하기 시작했다. 이스라엘의 공격으로 팔레스타인 사람들이 죽어 나가고 세계 곳곳에서 테러가 벌어지며 전쟁에도 규칙이 있다는 유엔의 경고가 이어지는 가운데, 이런. 구글의 광고가 뜬다. 이 무슨 경박한 짓이냐. 전쟁 통에. 아니 그보다 1만 7000원을 내고도 광고를 봐야 하냐. 세계에 대한 관심은 즉각 내가 지불한 돈으로 돌아서고, 나는 정당한 권리를 집행하기 위해 〈뉴욕 타임스〉 챗봇과 싸우기 시작한다.

그때 알람이 울린다. 고3 아이를 집에 데려올 시간이다. 집으로 오는 길에 아이는 새로운 결심 하나를 알려 준다. 어쩌면 미래에 아이 하나 정도 낳을 수도 있겠단다. 아이는 이토록 망한 세상에 애를 낳을 수는 없다고 말한 바 있었다. 아이가 말하기를, 내가 망한 건 다 엄마가 조기교육 안 시켜서 그러니, 이 다음에 아이를 낳으면 꼭 조기교육을 시키겠다는 것이다. 나는 운전을 하며 고개만 끄덕끄덕. 그럼 잘되겠냐? 아이는 시큰둥한 얼굴로 대답한다. 나보다 낫지. 우리는 올해 수능 수험자의 30퍼센트 이상이 N수생이며 다수가 의대를 지망한다는 뉴스를 들으며 동시에 외친다. 망할.

가능성의 시대다. 망할 가능성, 소수자가 될 가능성, 난민이 될 가능성. 2023년 번영의 끝자락에서 모두가 각자의 이유로 치열하게 싸우고 있다. 지금보다 나은 삶, 다른 존재를 꿈꾸면서 뛰어다닌다. 이상한 건 방금까지 여기 있었는데 가 보면 사라지고 없다. 내가 당도해야 할 자리는 언제나 도망 다니는 것 같다. 그래도 언젠가는, 때가 되면, 되뇌어 보지만 과연 이 세계에 내 자리는 있는가.

위태로운 이곳에 능력자들이 와 주기를 바라는 마음으로 글을 썼다. 능력자들은 너와 나 사이의 선을 흐릿하게 긋는다. 네가 길 위에 떨어뜨리고 간 인형을 깨끗이 빨아 놓고 너를 기다린다. 네가 울 때 부둥켜안고 같이 운다. 능력자들이란 바로 어린이, 청소년인데 그들은 자신의 위력을 잘 모르는 것 같다. 부디 세상을 바꿔 주기를 부탁드린다.

우리 집에도 능력자가 함께 산다. 시아와 비안은 매일 아침 잊지 않고 눈을 뜨고 가방을 메고 학교에 가는 신비한 능력의 소유자들이다. 넘버원 시아가 곧 청소년의 지위를 내놓을 참이다. 내 삶의 동반자여, 지난 3년간 쿵쾅쿵쾅 함께 학교 다닐 수 있어서 영광이었다. 조기교육은 미안하게 됐다.

오래전에 완성했지만 유령처럼 배회하던 이야기에 제 자리를 찾아 준 최성휘 편집장께 감사드린다. 우리는 마음이 통하는 청소년 '동심 파괴자들'이다. 어쨌든 버텨야 이긴다. 이 땅의 모든 마이크들에게 인사를 건넨다.

2023년. 10월 18일. 손서은.

유령 아이

1판 1쇄 펴낸날 2023년 11월 10일
1판 2쇄 펴낸날 2024년 9월 5일

지은이 손서은
펴낸이 김민지

편집 최성휘, 박다예
디자인 서정민
마케팅 장동환, 김하연

펴낸곳 미래M&B
등록 1993년 1월 8일(제10-772호)
주소 04030 서울시 마포구 동교로 134 미진빌딩 2층
전화 02-562-1800(대표)
팩스 02-562-1885(대표)
전자우편 mirae@miraemnb.com
홈페이지 www.miraeinbooks.com
블로그 blog.naver.com/miraeibooks
인스타그램 @mirae_inbooks

ISBN 978-89-8394-959-2 (43810)